마지막 의사는 비 갠 하늘을 보며 그대에게 기도한다

상

마지막 의사는 비 갠 하늘을 보며 그대에게 기도한다
상

니노미야 아츠토 지음
이희정 옮김

소미미디어
Somy Media

후쿠하라 마사카즈
Masakazu Fukuhara

무사시노 시치주지 병원의 부원장이었지만,
병원장인 아버지의 반감을 사서 현재는 한직
으로 밀려났다. 환자의 생명을 살리는 일에
집념을 불태운다.

키리코 슈지
Syuji Kiriko

한때는 무사시노 시치주지 병원에서 후쿠하라의 동료였
지만, 현재는 혼자 작은 진료소를 운영한다. 환자는 죽음
을 선택할 권리가 있다는 신념을 가지고 있다. 별명은
'사신(死神)'.

목
차

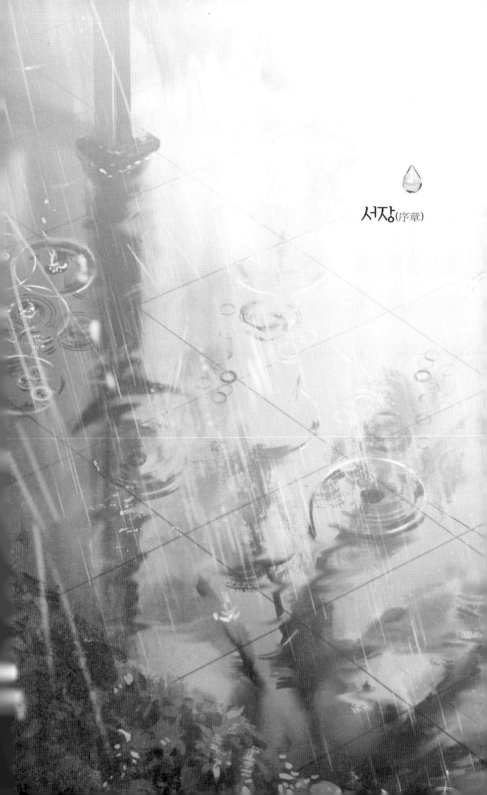

서장(序章)

짜증스럽게 비가 내리는 날이었다.

낱개로는 보이지 않을 만큼 작은 물방울이 군집을 이루어 벽처럼 다가왔다. 가녀리게 지면을 두드리는 소리는 들리지 않아도 부근 일대에서 수증기가 피어오르는 기척이 났다. 산소와 수소가 체모 사이로 파고들어 피부에 들러붙는 것 같았다. 가장 싫어하는 날씨 중 하나에 후쿠하라 마사카즈는 눈살을 찡그렸다.

"이 수술의 집도는, 에, 죄송하지만 제가 거기까지 손을 댈 여유가 없기 때문에 대리인에게 맡겼으면 하는데요……."

회의실 안의 공기까지도 흐리멍덩했다. 팔짱을 끼고 꾸벅꾸벅 조는 사람도 있었다. 시간만 질질 끌면서 의사 결정은 더딘 최악의 회의다. 후쿠하라가 주도했을 때는 이렇지 않았거늘.

"저는 꼭 그……."

니토베 외과부장이 모호하게 말끝을 흐리며 후쿠하라를 슬쩍 보았다.

"마츠도가 하면 되겠네."

결코 언성을 높이지 않았는데도 공간 구석구석까지 명료하게 울리는 목소리가 끼어들었다. 무사시노 시치주지 병원 원장 후쿠하라 킨이치로였다.

요괴 영감 같으니.

후쿠하라는 바로 옆에 앉아 있는 노인을 곁눈으로 보았다. 나이는 일흔이 넘었고, 근육과 뼈도 쇠약해져 상당히 쪼그라들었다. 후쿠하라보다도 두 사이즈 작은 가운을 걸친 모습이 오히려 귀여워 보일 정도였다. 하지만 눈은 여전히 맹금류처럼 형형하게 빛나며 늘어진 피부 사이에서 주변 사람들을 위협했다.

눈을 끔뻑거리는 니토베 외과부장에게 원장이 한 번 더 말했다.

"못 들었어? 마츠도한테 시켜. 좋은 경험이 될 테니까."

"아, 하지만 마츠도의 기술을 고려하면 아직 불안한 점이 있으니 가능하면 전(前) 외과부장에게……."

"이랬다 저랬다 변덕부리는 놈이 더 불안해."

원장은 딱 잘라 말했다.

"마츠도가 해. 서포트로 몇 명 붙여주면 돼. 이번 기회에 키워."

"네, 알겠습니다. 에, 그럼 다음 안건은……."

니토베는 줄줄 흐르는 땀을 꾸깃꾸깃한 손수건으로 닦으며 앞에 놓인 노트북으로 눈길을 돌렸다. 이로써 이번 주에도 후쿠하라는 일이 전혀 없다. 정확히는 잡일에 속하는 작업만 배정 받았다. 소심한 예스맨을 외과부장 자리에 앉히고 친아들인 후쿠하라를 뺀 병원장의 의도는 누가 보더라도 명백했다.

주인을 무는 개는 필요 없다.

회의가 끝나자 의사들은 모두 노트북을 닫고 자리에서 일어났다. 찜찜하게 후쿠하라를 보는 사람도 있고, 눈길을 피하며 잰걸음으로 나서는 사람도 있었다. 의자가 움직이는 소리, 문이 열리는 소리가 얼마 동안 이어지고, 마침내 후쿠하라 혼자 남게 되었다. 텅 빈 회의실에서 후쿠하라는 멀뚱히 창밖을 보았다. 비에 젖은 안뜰이 잿빛 구름에 짓눌릴 것 같았다. 시치주지 병원의 거대한 상자 모양의 간판이 어스름한 가운데 흐릿한 그림자를 드리우고 있었다.

거대한 간판이다.

원장이 잡아 놓은 시시한 정치가의 수술보다도 친구, 오토야마 하루오의 수술을 우선하겠다고 결심했을 때만 해도 이럴 줄은 예상도 못했다. 원장의 총애를 한 몸에 받고 외과 에이스로 떠받들어주니 자만했던 걸까. 적으로 돌리고 나서야 비로소 깨달은 사실이 수도 없이 많았다.

무사시노 시치주지 병원이 보유한 630병상은 평상시의 가동률이 90퍼센트가 넘는다. 상근의사 248명을 포함한 약 1,500명의 직원이 날마다 거의 같은 숫자의 외래환자를 진료하고, 매일 스무 건 정도의 수술이 이루어지고, 그리고 매일 몇 명이 죽음을 지켜본다. 이곳은 틀림없이 이 도시를 지탱하는 하나의 중추다.

주먹을 꽉 움켜쥐었다.

이 정도로 내가 반성하고 꼬리를 내릴 줄 알았다면 단단히 잘못 생각했어, 아버지.

눈동자 속의 불꽃은 아직 꺼지지 않았다.

유치한 괴롭힘에는 굴하지 않을 것이다. 꼬리를 말고 달아난 그놈과는 다르다. 그렇다. 반성할 점은 자신의 나약함뿐이다. 나는 더 강해질 것이다. 더 강해져서 반드시 저 간판을 손에 넣을 것이다. 어차피 아버지는 나보다 먼저 세상을 뜨게 되어 있다. 나는 그 뒤에 부활할 것이다.

후쿠하라는 일어나 걸음을 내딛었다. 눅눅한 공기가 가로막았지만 큼직한 몸으로 헤치며 침착하고 거침없이 부원장실로 돌아왔다.

크림색 재킷 밑에 빨간 블라우스를 입은 진구지 치카는 토부선(東武線) 전철로 갈아타 노약자석 근처의 은색 기둥에 몸을 기댔다. 키타센주 다음 역부터는 하나같이 이름도 들어본 적이 없었다. 모르는 역, 모르는 마을로 접어드니 마치 탐험하는 기분이었다. 괜히 신기한 마음에 차창 너머로 이어진 집들의 지붕을 눈으로 좇았다.

의외로 평범하네.

무례한 생각이라고 깨닫지도 못하고 진구지는 작게 중얼거렸다.

미리 전해들은 대로 코스계역에서 내려 지정된 번지를 향해 걸었다. 날씨 탓도 있어서인지 거리에 사람들의 모습이 드물어 쓸쓸하고 어둑한 인상이었다. 잿빛 거리에 진구지의 새빨간 우산이 현실감 없는 뮤직비디오 영상처럼 흔들렸다.

이윽고 낡아빠진 한 빌딩 앞에 도착했다. 금이 간 콘크리트와 테이프로 누덕누덕 이어 붙인 창문이 안쓰러웠다. 몇 번이나 메모를 확인하고 2층으로 올라가 조심스럽게 인터폰을 눌렀다. 울리지 않았다. 스프링이 삐걱거리는 느낌만 허무하게 되돌아올 뿐이었다. 포기하고 노크를 하자 둥근 은색 손잡이가 돌아가더니 문이 열리고 흰 가운을 입은 남자가 고개를 내밀었다.

"아아, 진구지, 어서 들어와."

하얀 피부에 갈색이 도는 눈동자, 전체적으로 흐릿한 인상. 키리코 슈지다.

"키리코 선생님, 설마 여기에요? 여기가 우리의 새 직장이에요?"

"맞아."

진구지는 이끄는 대로 안으로 들어가 주위를 둘러보았다. 살풍경한 방이다. 회색 벽에 회색 바닥에 회색 천장, 형광등 두 개. 가스버너와 싱크대. 끄트머리가 찌그러진 철제 책상이 하나, 녹슨 의자가 두 개. 책상에는 필통 하나와 현미경 하나가 놓여 있었다.

"너무 휑뎅그렁하지 않아요? 전자 차트는요? 컴퓨터는요? 복

합기는 어디 있어요?"

키리코는 어리둥절했다.

"그런 것까지 살 수 있을 리가 없잖아? 사무는 다 종이로 볼 거야. 글자는 깨끗하게 써 줘."

"처치용 기구며 멸균기도 없는 것 같은데요?"

"최소한의 도구는 그 필통 안에 들어 있어. 멸균은 버너와 압력솥으로 하자."

"하다못해 방이 두 개는 더 있어야죠. 여기가 진료실이라고 치고, 대기실, 처치실……."

"모조지를 걸어서 칸을 나누면 되잖아?"

머리가 어찔했다. 무사시노 시치주지 병원에서는 로봇이 약제를 운반했는데, 마치 원시시대로 돌아간 듯했다. 역시 따라오는 게 아니었다.

진구지의 속도 모르고 키리코는 태평하게 말했다.

"멋대로 굴다 병원에서 쫓겨난 몸이잖아. 이것저것 따질 처지가 아니지."

"하지만 키리코 선생님, 이런 설비로는 아주 한정적인 의료 행위밖에 못하잖아요. 드릴도 없는 치과 의사나 마찬가지라고요."

"어쩔 수 없어. 처치가 불가능한 환자한테는 다른 병원을 소개해야지."

"보험 진료 인가도 못 받았죠?"

"당연하지. 당분간은 비보험 진료만 하게 될 거야."

"설비도 없고 건강보험도 안 되는 병원에 존재 의의가 있을까요?"

"그건 우리가 결정할 일이 아니야."

끽, 끽 하는 마찰음이 울려 퍼졌다. 새 가운의 모양을 반듯하게 잡아 주는 받침대로 들어 있던 두꺼운 포장용 종이에 키리코가 매직으로 글자를 쓰고 있었다.

"누군가에게 필요하다면 우리는 계속 존재할 수 있어. 우리가 사라지면 안 된다고 생각한 누군가가 돈을 대 줄지도 모르고, 먹을 것을 나눠 줄지도 몰라. 설비를 기부해 주는 사람이 나타날지도 모르지. 거기가 시작점이 될 거야. 설비가 있어서 찾아오는 게 아니라 필요하기 때문에 설비가 갖춰질 거야. 난 그런 토대 위에서 의사를 하고 싶어."

"뜻은 숭고하지만 그때까지 우리가 버틸 수 있을까요?"

"모아놓은 돈이 바닥날 때까지가 승부야. 1년 정도는 무급이라도 해나갈 수 있어. 그 사이에 아무도 우리를 필요로 하지 않는다면, 인정하는 수밖에 없지."

"인정한다고요?"

"나와 같은 의사는 이 세상에 필요하지 않다는 사실을 인정하는 거야. 그때는 어떻게 할까……. 뭐, 그때 생각하면 되겠지. 자, 다 됐다."

──키리코 의원. 초진 환영.

글자가 반듯하기는 했지만 셀로판테이프로 유리창에 붙여 놓으니 괜히 더 수상쩍게 보였다. 진구지는 허리에 손을 짚으며 한숨을 내쉬었다.

"이걸로 손님이 올까요?"

"뭐, 병원이니까 오히려 번창하지 않는 게 바람직하다고 할 수도 있지."

키리코는 한가롭게 주전자에 수돗물을 받아 물을 끓였다.

"아주 태평하시네요. 우릴 자른 원장한테 본때를 보여준다든가 뭐, 그런 의지는 없어요? 어디 두고 보자든가 하는 마음은요?"

"응? 생각해 본 적 없는데?"

……그렇겠지.

"차 마실래? 티백이지만."

진구지는 키리코를 보았다. 유별나게 이상한 의사다. 야심도 없고 욕심도 없고 자존심도 없는 사람으로 보였다. 지금까지 만난 의사는 모두 그중 하나 또는 여러 개를 한눈에 보일 만큼 비대하게 부풀린 사람들이었다.

"……마실래요."

그 점이 오히려 진구지에게 기대를 품게 했다. 아니면 키리코의 야심이 너무 거대해서 진구지조차도 파악하지 못하는 게 아닐까 하고 생각할 때가 있었다.

필요로 하기 때문에 설비가 갖춰진다니.

거대한 몸체 안에 몇억 엔씩 하는 의료기기를 산처럼 끌어안고 있는 시치주지 병원. 그 토대는 확고한 것일까. 문득 의문이 머리를 스쳤다.

"키리코 선생님은 따뜻한 물이면 되죠?"

"응."

"돈 안 들어서 좋겠네요."

"그거면 충분하거든."

주전자에서 소리가 나기 시작했다. 피어오르는 수증기와 밖에서 내리는 비. 온통 물이다. 물에 감싸이고, 에워싸여 있었다.

"……푹푹 찌네요."

"난 이 정도가 마음이 차분해져서 딱 좋아."

키리코는 가만히 하늘을 올려다보았다. 짙은 잿빛 구름이 꼼짝도 하지 않겠다는 듯이 묵직하게 짓누르고 있었다.

"구름이 마치 이불처럼 부드럽잖아."

의사회 명부는 물론이고 전화부에도 올라와 있지 않은 키리코 의원, 개업 첫날.

환자는 한 사람도 오지 않았다.

제1장

어떤 양아치의 죽음

"다녀왔어⋯⋯."

무거운 몸을 이끌고 간신히 문 앞에 도착한 미조구치 슌타는 문손잡이를 잡아당겼다. 덜컹, 하고 잠금 장치가 충돌하는 소리가 울리며 지은 지 25년 된 다가구주택의 얇은 벽이 흔들렸다.

"⋯⋯뭐야, 집에 없나?"

슌타는 혀를 찼다. 아주 자연스럽게 혀를 찼다고 생각하며 호주머니를 뒤적거렸다. 열쇠와 함께 네모난 종이가 손끝에 닿았다. 꺼내보니 달콤한 향기가 코를 간질였다.

'슌타, 재미있었어☆ 다음에 또 와. 꼭이야. 리사'

손으로 적어 넣은 글자에 하트 마크가 붙은 가명. 가장자리 디자인은 바니 걸 실루엣. 가게 이름은 적혀 있지 않지만 어디로 보나 유흥업소의 명함이다.

리사는 진짜 귀여웠지. 미호랑 다르게 가슴도 커서 주무르는 맛이 있었어. 그건 그렇고 너무 많이 마셨나 봐. 후루야 씨랑 밤놀이를 하면 늘 이렇다니까.

명함은 버려야 하나 싶기도 했지만 생각을 바꾸고 다시 호주머니에 넣었다. 미호한테 들켜서 혼나는 것도 나쁘진 않았다.

"후아······암, 피곤하다."

몸이 무겁고 열이 나는 듯했다. 열쇠로 현관문을 열고 안으로 들어갔다. 신발을 벗어 던지고 가방을 내려놓고는 쿵쿵 소리를 내며 부엌으로 갔다.

"뭐야, 설거지가 쌓여 있잖아."

밥솥 뚜껑을 열고 안을 보았다.

"젠장, 밥도 안 해 놨네. 사람이 아픈 몸을 이끌고 나가서 일하고 왔는데. 요즘 농땡이가 늘었다니까. 노력이 부족해, 노력이."

짜증을 굳이 숨기지 않고 탁 소리가 나도록 밥솥 뚜껑을 닫았다.

그때 방 안쪽에서 목소리가 들렸다.

"밥은 냉장고 안에 있어."

움찔하며 왼손에 들고 있던 휴대폰을 떨어뜨리고 말았다. 집어 들며 눈에 힘을 주자 텔레비전 앞 소파에 하라 미호가 앉아 있었다. 어둠 속에서 조용히 이쪽을 보고 있었다.

"······뭐야, 집에 있었어? 있으면 있다고 말을 하든가."

"했지만 안 들렸나 보네."

"들리게 말을 해야지. 뭐? 냉장고에 있다고? 아, 진짜네······."

냉장고 문을 열어 보자 슌타 몫의 밥이 밀폐용기에 잘 담겨 있었다. 더 먹고 싶어져도 문제없도록 양은 넉넉했고, 옆에는 채소 볶음 접시가 랩으로 덮여 있었다. 겸연쩍었지만 슌타는 자기 잘못을 인정하려니 분해서 투덜거렸다.

"쳇, 냉장고엔 왜 넣어 가지고. 그대로 두면 될걸. 귀찮게."

"날이 따뜻해져서 넣어 놓은 거야."

"……그래?"

더는 받아칠 말이 없었다. 슌타는 심통을 부리면서도 말없이 접시와 밀폐용기를 꺼냈다. 전자레인지에 넣고 데우기 버튼을 눌렀다.

고맙다고 한마디라도 해야 할까. 아니, 그러면 남자로서 꼴사납지 않나. 후루야 씨라면 남자는 언제나 강하고 거만해야 한다고 말하겠지. 그렇게까지 할 마음은 들지 않았지만 그래도…….

슌타가 우물쭈물 망설이는 사이에 화제가 바뀌었다.

"슌타, 요즘 계속 감기를 달고 살지?"

"그, 그렇지. 도통 떨어질 기미가 안 보여서 아주 지긋지긋하다니까."

"나아도 금방 또 걸리지 않아? 병원에 가 보라고 몇 번이나 얘기했잖아. 가긴 했어?"

"시끄러워. 아직 안 갔지만, 고작해야 감기 정도로 유난 떨 거 없어. 그리고 난 병원은 질색이야. 안 그래도 맨날 바빠서 병원 갈 기력도 없는데."

전자레인지가 나직하게 웅웅거리는 가운데 슌타가 텔레비전 리모컨으로 손을 뻗자 미호가 제지했다.

"슌타, TV는 켜지 마. 할 얘기가 있어."

흠칫했다. 미호가 이런 식으로 이야기를 꺼낸 적은 처음이었다.

"뭔데? 피곤하니까 나중에 하면 안 돼?"

"중요한 이야기야."

슌타는 노골적으로 한숨을 푹 내쉬어 보였다.

언짢은 척하며 얼버무렸지만 심장이 쿵쾅쿵쾅 뛰었다. 대체 뭘까. 또 결혼 얘기를 꺼내려는 걸까. 두 사람의 미래를 제대로 생각하라고 따지고 들까. 어쩌면 일 관련인지도 모른다. 벌이가 부족하다든가, 정사원이 되라든가. 말한다고 바로 해결되는 문제라면 누가 고생하겠어. 싫다. 그런 이야기는 듣고 싶지 않다.

반쯤 에라 모르겠다는 마음으로 슌타는 리모컨 버튼을 눌렀다.

예능 프로그램인지 웃음소리가 방안에 가득 퍼졌다.

"슌타. 할 얘기가 있다니까."

불러도 미간만 잔뜩 찡그리고 미호 쪽은 돌아보지 않았다.

미호가 어깨를 늘어뜨리는 기척이 났다. 포기했구나.

화면 안에서는 사회자가 연예인에게 이야기를 던지고 있었다. 자막이 나오고 경쾌한 효과음이 울렸다. 슌타는 의미도 없이 응응 하고 고개를 끄덕였다.

부스럭부스럭. 미호가 손으로 무언가를 하고 있었다.

"……그건 뭐야?"

곁눈으로 보자 미호가 포장지를 뜯고 안에서 하얀 캡슐 상태의 무언가를 꺼냈다.

"지스로맥스."

두 알을 꺼내 입에 털어 넣었다. 그리고 컵의 물을 마셨다.

"그러니까 그게 뭐냐고! 무슨 약이야?"

"클라미디아 약이야."

이쪽을 보는 미호의 눈에는 오싹한 냉기가 배어 있었다.

"클라미디아라면…… 성병이랬나?"

"성병이야."

미호는 그 말만 하고 입을 다물었다. 무언의 비난이 전해져 왔다. 슌타는 마른침을 꿀꺽 삼켰다.

결국 성병까지 생겼구나. 밤이면 밤마다 유흥업소를 전전했으니 혹시나 하는 생각은 했다. 게다가 미호에게 옮겨서 들키다니 최악이다. 하지만 여기서 당황하면 안 된다. 후루야 씨는 여자한테 성병을 옮겨야 비로소 어엿한 사내라고 했다.

"뭐야? 그게 내 잘못이란 거야? 난 전혀 모르는 일이야. 그보다 미호가 바람피워서 생긴 거 아냐?"

미호는 조금도 동요하지 않았다.

"바람피울 상대도 없어."

"그래? 예전에 말했던 서클 친구도 있고, 수상하잖아."

"우스이 말이야? 그 애랑은 한동안 만나지도 않았어."

"거짓말 마. 저번에도 그 뭐냐, 동창회네 뭐네 하면서 같이 차

마셨잖아."

"그건 정말로 동창회였어. 딱히 단둘이 만난 것도 아니고. 무엇보다 그 뒤로 만나지도 않았어. 슌타가 싫다고 해서."

"그럼 누, 누구한테서 옮겨 온 거야!"

"난 슌타하고만 했으니까 슌타한테서 옮았겠지."

"나, 난 아니야! 뭐야 너, 내 사랑을 의심하는 거야? 헛소리하지 마. 증거 있어? 무엇보다 그런 병은 그러니까, 그……, 섹스가 아니라도 옮을 가능성이 있는 거 아냐?"

"의사 선생님한테 제대로 설명 들었어. 다른 원인도 있을 수 있지만 대부분이 점막 접촉으로만 감염된대. 짐작 가는 거 있잖아?"

미호는 담담하게 말했다.

큰일 났다. 어떻게 된 거야.

목소리를 높여 봐도 미호는 움츠러들기는커녕 냉정하게 맞받아쳤다. 줄곧 주도권을 움켜쥐고 있었다. 슌타는 내심 초조해졌다.

어떻게 된 거야. 그 온순한 미호는 어디로 간 거야. 평소처럼 "슌타가 그렇다고 하니까 믿을게" 하고 넘어가 달란 말이야.

"짐작이 가긴 뭐가 간다는 거야! 내가 사랑하는 사람은 너뿐이야. 날 의심하다니 열 받네. 무엇보다 우리가 고작 그 정도 일로 삐걱댈 사이였어?"

그래도 슌타는 평소처럼 뻗댔다. 달리 어떻게 해야 좋을지 알 수 없었다.

"……됐다. 약은 내 것만 받아 왔으니까 슌타도 필요하면 직접 가 봐."

"뭐야? 내 탓이 아니라고 했잖아. 괜히 귀찮게 하지 말고 약은 네가 타 와."

하지만 미호는 슌타의 도발에 반응할 마음이 없어 보였다.

"처음에는 거기가 가려워서 병원에 갔어."

"누가 그런 거 물었어?"

"거기서 성병 검사를 한차례 받았거든. 그래서 클라미디아도 발견했는데, 그게 다가 아니었어."

"오늘따라 왜 그래! 좀 닥치지 못해!"

슌타의 고함은 거의 비명에 가까웠다. 제발 그만해. 내 말을 들어 줘. 슌타는 일어나 오른손을 쳐들었다. 이 녀석은 따귀를 한 대 올려붙이면 얌전해진다.

하지만 상대는 주눅 들지 않고 무표정하게 슌타를 보며 말했다.

"나, HIV 양성이래."

오른손을 들어 올린 채 그대로 얼어붙었다.

"……뭐?"

약 포장지를 종이봉투에 다시 넣고 가방에 넣으며 미호가 빠르게 말했다.

"틀림없이 슌타도 감염됐을 거야. 그러니까 병원에 가 보는 게 나아. 일단 그것만 알려 주려고. 숨기긴 싫으니까."

슌타의 머릿속에서 온갖 말들이 어지럽게 오갔다.

HIV? HIV 양성이라니…… 그건 에이즈잖아. 에이즈는 그 뭐냐, 위험한 병이잖아. 미호가 죽는다. 아니, 내가? 내가 죽는 거야? 설마. 난 아직 스물여섯인데. 그런 일이 일어날 리가…….

"뭐, 어차피 안 가겠지만. 그러니까 이건 이별 선물이야."

테이블 위에 작고 하얀 상자를 탁 내려놓았다.

"이게 뭐야?"

"HIV 검사 키트야. 사용할지 말지는 슌타의 자유지만 정말로 해보는 게 좋을 거야. 미안해. 내가 해 줄 수 있는 건 여기까지야."

미호가 일어났다. 가방을 어깨에 걸치고 빠른 걸음으로 현관으로 걸어갔다.

"자, 잠깐 기다려, 미호."

슌타가 부르는데 돌아보지도 않았다. 구두를 신고 문을 열고.

"미호!"

미호는 집을 나갔다. 순식간에 일어난 일이었다.

서슬 퍼런 기세에 뒤쫓아 가지도 못하고 슌타는 그대로 멀뚱히 서 있었다.

등 뒤에서 땡 하는 소리가 났다. 데운 채소볶음의 먹음직스러운 냄새가 풍겼다. 켜 놓은 텔레비전에서 흘러나오는 웃음소리가 들렸다.

"……노, 농담이지?"

손끝이 떨렸다.

눈앞에서 일어난 현실에 머리가 미처 따라가지 못했다. 무얼 생각해야 할지도 몰랐다. 테이블 위에 놓인 하얀 상자가 괜스레 선명하게 보였다.

🎈

헉, 헉. 숨이 가빠지자 미호는 걸음을 멈추었다. 한동안 그 자리에 웅크리고 헐떡이며 호흡이 잦아들기를 기다렸다가 돌아보았다. 도로에는 아무도 없었다.

역시 뒤쫓아 오지 않는구나.

반쯤 포기하고는 있었지만 텅 빈 인도를 눈으로 직접 확인하자 역시 서운했다.

넌 그런 사람이지. 알아. 하지만 뒤쫓아 와주었더라면, 그리고 날 불러 세우고, 진심으로 사과한다면 아직…….

갑자기 서글퍼서 가슴을 움켜잡고 이를 악물고 웅크렸다. 다가오는 발소리에 퍼뜩 고개를 들었다. 쑥스럽게 웃는 슌타의 얼굴이 보인 듯했지만 단지 착각이었다. 커다란 가방을 든 양복 차림의 남자가 이쪽을 흘끗 보고는 멀어져 갔다. 몇 방울 흘러내린 눈물을 손수건으로 닦고 콤팩트를 꺼내 얼굴을 확인했다. 눈이 빨갰다. 처량한 얼굴이었다.

이제 모든 게 다 끝났구나.

우린 5년이나 사귀었는데, 부모님의 반대를 물리치면서까지 동거했는데. 행복하게 지낼 거라고 믿었는데.

이제 어떻게 해야 좋을지 모르겠다. 그냥 죽을까.

미호는 아침 거리로 비틀비틀 걸음을 내딛었다.

순타는 이불 속에서 눈을 꼭 감고 가만히 누워 있었지만 도저히 잠이 오지 않았다.

어제의 먹구름 가득한 하늘이 거짓말이었던 것처럼 바깥 날씨는 화창했다. 태양이 반짝반짝 빛나고 하얀 구름이 태평하게 흘러갔다. 벌레가 날아다니고, 초등학생들이 신나게 까불거리는 소리가 들려왔다.

몸은 지쳐 있을 텐데. 자야 하는데. 오늘도 밤부터 셰이커를 흔들어 칵테일을 만들고 주정뱅이들을 상대해야 하는데. 지금 자두지 않으면 아침까지 몸이 버티지 못한다.

하지만 잠이 오지 않았다.

에이즈.

익숙하지 않은 단어에는 인공적인 공간에 잘못 들어온 기이한 동물 같은 강력한 존재감이 있다. 단순한 세 글자가 머릿속에 박혀 떨어지지 않았다.

내가 에이즈에 걸렸다니, 그런 일이 가능할까? 애당초 에이즈가 뭐지? 무서운 병이라는 것밖에 모르는데. 걸리면 어떻게 되지?

조심스럽게 이마에 손바닥을 대 보았다. 여전히 열이 나는 듯했다. 요즘 들어 줄곧 그랬으니 이제는 익숙해졌다. 자고 일어나서 상쾌한 기분을 한동안 느껴본 기억이 없다.

"하하, 설마."

불안해서인지 큰 소리로 혼잣말을 했다.

"그냥 단순한 감기야. 그런 위험한 병에 걸렸다면 피를 토한다든가 하는 좀 더 그럴듯한 증상이 있을 거야. 미열로 끝날 리가 없지. 에이즈라는 건 틀림없이 협박이야. 날 겁주려고 일부러 한 소리야."

일단은 그렇게 결론을 내리고 고개를 끄덕였다. 슌타는 원래 몸이 튼튼한 편이 아니라 계절이 바뀔 때마다 곧잘 감기에 걸렸다. 이번에도 그런 정도일 것이다.

머리맡에 놓아둔 휴대폰을 더듬더듬 집어 들었다. 하지만 미호에게서 온 연락은 없었다.

"왜 답이 없어! 내 연락 못 본 거야?"

문자, 어플, 전화 모든 수단을 사용해 '빨리 돌아와. 제대로 이야기하자' 하고 연락을 넣어 두었지만 반응이 없었다. 미호가 나간 뒤로 벌써 두 시간이 지났는데.

슌타는 점점 무서워졌다.

설마 미호는 다시는 돌아오지 않을 생각인가. 더는 나와 만나지 않으려는 걸까. 그런 일이 있을 수 있나? 미호와 내가 헤어지다니, 그게 가능하다고?

자리에서 일어나 침실로 쓰는 로프트에서 사다리를 타고 1층으로 내려가 미호가 소중히 키우던 관엽 식물을 보았다. 고무와 비슷한 감촉의 이파리를 툭 찔러 보았다.

괜찮아. 이 녀석이 있으니까 돌보러 돌아올 거야. 맞아, 틀림없이 그럴 거야.

문득 이 큼직한 화분을 사 왔을 때의 미호가 떠올랐다.

조금이라도 예쁘게 꾸며 보려고. 어렵게 마련한 우리 둘만의 보금자리니까. 그렇게 말하며 웃었다. 월세 4만 5천 엔짜리의 허름한 다가구주택. 둘이서 살기에는 너무 좁고, 화장실은 혼자 들어가기에도 비좁았다. 하지만 미호는 같이 살기를 선택했다. 내 벌이가 괜찮아질 때까지 자기도 일해서 보태겠다고 해 주었다. 그런 미호가 지금은 없다.

"대체 왜야."

슌타는 발로 바닥을 가볍게 굴렀다.

"젠장, 결국 날 버리는 거야!"

이번에는 있는 힘껏 쾅쾅 굴렀다. 미호라면 괜찮을 줄 알았는데. 미호는 썩 미인도 아니고 스타일도 중하 정도다. 눈이 안 높은 여자라고 생각했는데. 이런 나라도 계속 보살펴 줄 줄 알았는데.

어떻게 하면 좋지.

정말로 관엽 식물을 위해 돌아와 줄까. 불안해서 견딜 수가 없었다. 곧바로 뒤쫓아 가서 울면서 잘못했다고 빌었어야 했던 게 아닐까. 후루야 씨라면 그런 여자는 내버려 두라고 하겠지. 오냐오냐하니까 기어오르는 거라고.

슌타는 주먹을 움켜쥐고 이를 악문 채 멈춰 서고 말았다. 움직일 수 없었다.

옛날부터 늘 이 모양이다. 우유부단하고 뭘 해도 어중간하다. 앞뒤 재지 않고 사과하지도 못하고, 정색하고 뻔뻔하게 기다리지도 못한다. 결정을 내리지 못한다. 혼자서는 앞으로 나아가지 못하는 것이다.

한숨을 내쉬며 욕실로 들어갔다. 세면대 거울에 변함없는 자신의 모습이 비쳤다.

밝게 탈색한 금발에 다듬은 눈썹. 귀와 입술에는 피어스 구멍이 있고, 수염도 조금 자라 있었다. 외모만 보면 제법 위압감이 있었다.

하지만 알맹이는 변하지 않았다. 강한 남자, 인기 많은 남자를 동경해서 패션을 따라 해 봐도, 후루야 씨처럼 거칠게 굴어 봐도 여전히 우물쭈물 고민을 떨쳐내지 못한다. 조금도 강해진 느낌이 들지 않았다.

혹시 미호가 그 점을 알아챈 걸까.

그래서 그렇게 냉랭해진 걸까.

"빌어먹을!"

슌타는 욕실 벽을 주먹으로 쳤다.

"그런 여자는 알 게 뭐야. 걔 말고도 여자는 얼마든지 있는데."

스스로를 다독이듯 소리쳤다. 고작 미호 때문에 안절부절못하다니 꼴불견이다. 난 좀 더 멋진 남자가 되고 싶다. 어차피 미호는 금방 울면서 돌아올 게 빤하니까.

침을 퉤 뱉고 슌타는 흐느적흐느적하며 욕실에서 나왔다.

문득 부엌에 있는 싸구려 위스키 병이 눈에 들어왔다.

그렇지.

슌타는 뚜껑을 열고 병째로 꿀꺽꿀꺽 들이켰다. 사레에 들릴 뻔했지만 꾹 참으며 어떻게든 삼켰다. 만일을 위한 예방이다. 알코올 소독이라는 말이 있을 정도니 틀림없이 에이즈에도 효과가 있을 것이다. 만에 하나, 정말 만에 하나, 아주 조금이라도 에이즈 균이 있다고 하더라도 이것으로 사라질 것이다. 그렇게 생각하자 타들어 갈 것 같은 목의 감각이 오히려 반가웠다. RPG게임의 회복 마법처럼 몸이 정화되는 느낌이었다.

일단 입을 떼고 이번에는 손바닥에 위스키를 조금 부었다. 강렬한 알코올 향기가 코를 찔렀다. 그것을 사타구니에 고루 발랐다. 이쪽도 소독해두는 편이 좋을 것이다. 차가웠지만 슌타는 필사적으로 위스키를 발라댔다. 평소보다 취기가 두 배는 더 빨리 도는 것 같았다.

좋아.

한차례 만족하고 슌타는 끄덕끄덕했다. 잠자리로 향하는 길에 테이블 위에 놓인 상자가 눈에 들어왔다. 미호가 놓고 간 검사 키트라는 것이다. 젠장, 재수 없게. 하지만 버릴 용기도 나지 않았다. 못 본 척하자. 잊자. 고개를 가로저어 간신히 찝찝한 기분을 떨쳐내고, 알람을 세팅하고 이불 속으로 기어들어 갔다. 술의 힘이 거들어준 덕인지 이번에는 그래도 잠들 수 있었다.

얕은 잠 속에서 꿈을 꾸었다.

미호가 나오는 꿈이었다.

기가 찬 얼굴로 자기를 내려다보고 있었다. 돌아와 준 것이다. 슌타는 일어나려고 했지만 움직일 수 없었다. 미호는 쿡쿡 웃으며 "언제까지 자려는 걸까" 하고 혼잣말을 중얼거렸다. 평소와 똑같았다. 말다툼한 일 자체가 없는 것 같았다. 슌타는 미호가 곁에 있는 것이 기뻐서, 정말로 기뻐서 계속 싱글벙글 웃었다.

가차 없이 울려대는 벨소리에 저녁놀과 함께 눈을 뜨자 설명할 길 없는 외로움이 슌타를 덮쳤다.

의도해서 그 방향으로 걷지는 않았다. 의도해서 전철을 타지도 않았다. 오히려 무의식적이었기 때문일 것이다. 어느결에 미호는 본가에서 가장 가까운 역에서 내려 개찰구를 나서고 있었다.

어째서 이런 곳으로 와 버렸을까.

본가에는 돌아갈 수 없다. 그렇게 대판 싸우고 집을 뛰쳐나왔다. 이제 와서 무슨 낯으로 돌아가야 좋을지 몰랐다. 하지만 달리 갈 데도 없었다. 하는 수 없이 미호는 역 앞 상점가를 터벅터벅 걸었다.

조금 둘러보고 다른 마을로 가자.

아이스크림 가게 앞에서 여고생들이 재잘대고 있었다. 나도 저 가게에서 곧잘 초코민트 아이스크림을 먹었었다. 크레이프 가게에서 달콤한 냄새가 났다. 모퉁이에 있던 닭꼬치 가게는 곱창조림 가게로 바뀌어 있었다. 미용실이 하나 사라지고, 새로 하나 늘어나 있었다.

익숙한 상점가에 자신의 어린 시절 모습이 겹쳐 보였다. 책가방을 메고 아빠 손을 잡아끌고 크레이프 가게로 들어가는 초등학교 때의 나. 중학교 교복을 입고 친구들과 함께 아이스크림을 먹는 나. 두근두근하며 옷 가게에 들어가는 나, 고로케 가게 앞에 줄을 서는 나.

그리고 지금, 눈이 빨갛게 부은 내가 쇼윈도에 비쳤다.

또다시 눈물이 주룩주룩 쏟아졌다.

대학교까지 보내줬는데 나는 지금까지 무얼 한 걸까.

유모차를 미는 여자가 생선가게 앞을 지나갔다. 아기가 작게 칭얼거리자 들여다보며 달래 주었다. 반대쪽에서는 할아버지와 할머니가 사이좋게 손을 잡고 걸어왔다. 집에 손주라도 놀러오는지 두 사람은 과자가게 앞에 멈춰 서서 이것저것 신중하게 골랐다.

그 모습을 멍하니 보고 있는데 생각지도 못한 목소리가 이름을 불렀다.

"어머나, 미호니?"

돌아보자 엄마가 서 있었다.

"……엄마."

집을 뛰쳐나갔을 때와 아무것도 달라지지 않았다. 촌스러운 폴라플리스를 입고, 오래 신어서 낡은 운동화를 신고 있었다. 손에 든 장바구니에서는 파가 삐죽 튀어나와 있었다. 흰머리는 조금 늘었을까. 그리운 목소리. 어릴 때와 완전히 똑같은 목소리였다.

"이런 데서 왜 그러고 있어?"

울고 있는 딸을 보고 엄마는 눈이 동그래졌다.

"엄마, 나……."

한낮의 상점가라는 북적거리는 분위기가 오히려 마음의 빗장을 벗겨낸 것일까. 갑자기 엄마를 만나자 놀라움과 함께 문득 마음이 풀어진 탓일까. 미호는 순순히 고백했다.

"에이즈에 걸렸어."

엄마는 아주 잠깐 부르르 떠는 것 같았다.

"얼마 못 살아."

한번 이야기를 시작하자 멈출 수 없었다.

"더는 엄마처럼 엄마가 될 수도 없고…… 손주를 안겨주지도 못하고. 나는, 나는, 이제 어른이 될 수도 없어."

말꼬리가 떨렸다. 한심해서, 슬퍼서, 무서워서. 이가 덜덜 떨리고 콧방울이 실룩거렸다.

"이런 꼴이 될 생각은 아니었는데. 정말로 그 사람이라면 행복하게 잘 살 줄 알았는데. 어째서인지 이렇게 돼 버렸어. 미안해. 미안해……."

미호는 주룩주룩 쏟아지는 눈물을 손으로 닦았다. 닦아도 닦아도 멈추지 않아서 결국에는 양손으로 얼굴을 감쌌다.

엄마는 장바구니를 든 채 천천히 미호 쪽으로 걸어왔다. 그리고 어린아이에게 하듯 가만히 미호의 등을 감싸 안고 토닥토닥 다정하게 두드려 주었다.

"많이 힘들었지?"

그 목소리는 아이들에게 괴롭힘을 당하고 돌아왔던 초등학교 무렵과 전혀 다르지 않았다. 이제는 목소리도 나오지 않아서 미호는 말없이 고개만 숙이고 있었다. 엄마의 품은 조금 작아졌지만 변함없이 따뜻했다.

"미호, 집에 가서 밥 먹자. 생선이 아주 싱싱하더라."

왜. 왜 날 혼내지 않는 거야. 이렇게 아둔한 딸을. 이런 불효를 저질렀는데. 화를 내. 야단치란 말이야…….

용서하지 마.

미호의 마음과는 정반대로, 엄마는 미호를 나무라는 말은 한마디도 하지 않았다.

부원장실에는 진한 커피 향기가 가득 차 있었다.

유막이 뜬 검은 액체를 다 마시자, 후쿠하라 마사카즈는 책상에 펼쳐놓은 자료 위에 펜을 내려놓고 일어나 커피머신의 출수구

밑에 컵을 밀어 넣었다.

"뭐야, 벌써 원두가 떨어졌나?"

원두와 물만 넣어두면 버튼 하나로 맛있는 커피를 내려주는 근사한 물건이지만 의외로 원두가 금방 떨어진다. 스트레스가 쌓여서 소비량이 늘어난 걸까. 후쿠하라는 부아가 치밀어서 쓸모도 없는 기계를 노려보았다.

그때 문을 노크하는 소리가 들렸다.

"들어오세요."

"부원장님……. 안녕하세요?"

정수리가 듬성듬성하고 흰 수염을 기른 등이 구부정한 남자가 들어왔다. 수술복을 입고 있으니 의사인가보다 하고 짐작했다.

이런 의사가 우리 병원에 있었나?

속으로 당황하면서도 후쿠하라는 빈틈없이 응대했다.

"어서 오세요. 죄송해서 어쩌죠? 커피라도 한 잔 드려야 하는데 원두가 다 떨어져서요. 인스턴트라도 괜찮으시면 바로 타드릴게요."

남자는 태평하게 웃으며 거절했다.

"아뇨, 괜찮으니 마음 쓰지 마세요. 감염내과 이토카와입니다. 잠시 의논 드릴 일이 있어서요."

"의논이오? 저한테요?"

감염내과. 시치주지 병원에서 최근에 새로 생겼고, 소속 의사는 한 사람이라고 들었다. 다시 말해, 이 사람이 그 의사로구나.

감염증이라는 말에는 본래 많은 질병이 포함되지만, 진료과로서는 사실상 성감염증 전문에 가깝다. 분명히 말해 후쿠하라와는 분야가 전혀 다르다.

"네. 사실은 후쿠하라 선생님을 지명한 환자가 있어서요. HIV 양성 환자예요."

"절 지명했다고요? HIV로요?"

무심코 목소리가 뒤집어지고 말았다.

"그 환자분은 의사라면 뭐든지 할 수 있다고 착각하고 계신 게 아닌가요? 아니면 진료과 자체를 구별하지 못한다든가."

"네, 그렇겠죠. 틀림없이 후쿠하라 선생님이 기운을 북돋아주길 바라는 걸 거예요."

단박에 수긍하는 이토카와를 조금 불쾌하게 느끼면서 후쿠하라는 말했다.

"그런 환자는 그쪽에서 알아서 잘 대응해 주시면 안 될까요?"

"지금까지는 그래왔어요. 그런데 요즘은 많이 한가하신 것 같아서 이렇게 찾아온 거예요. 외과에서는 있을 곳도 없고, 할 일도 없으시죠? 부원장이라는 자리도 실질적으로는 장식에 불과하고."

후쿠하라는 이토카와의 눈을 가만히 들여다보았다. 초등학교 교장 선생님 같은 온화한 눈빛이었다. 딱히 빈정대는 것은 아닌 듯했다.

이토카와는 책상 위에 펼쳐져 있는 자료를 슬쩍 보았다.

"해외 논문인가요? 후쿠하라 선생님, 공부도 중요하지만 실제로 환자를 접하지 않으면 감이 무뎌져요."

"……알겠습니다."

후쿠하라는 얼마 동안 입을 우물우물하다가 포기하고 대답했다.

이토카와가 만족스럽게 끄덕이며 웃었다.

"안 그래도 의사가 부족한데 집안싸움 때문에 일을 주지 않다니, 이상한 병원이에요. 안 그래요, 후쿠하라 선생님?"

쓴웃음밖에 나오지 않았다.

이토카와의 뒤를 따라 걸으며 부원장실을 돌아보았다.

온종일 저 방에 틀어박혀 있으니 원두가 떨어질 만도 하지.

가슴 속에서 무언가가 뜨겁게 끓어올랐다. 어째서 내가 이런 수모를 당해야 하나 싶어 화도 났지만, 한편으로는 오랜만에 환자를 볼 수 있어서 기쁘기도 했다.

"하라 미호라고 합니다."

진료실에서 마주 앉은 여성은 몸집이 작고 얌전해 보이는 사람이었다. 차트에 적혀 있는 나이는 스물세 살. 대학교를 졸업하고 지금은 아르바이트를 하고 있다고 한다. 중간 기장의 갈색 머리에 감싸인 동그란 얼굴은 아직 학생 태가 남아 있고 앳되어 보였다.

하지만 인상과는 정반대로, 몸을 앞으로 내밀며 후쿠하라를 물끄러미 쏘아보았다.

"후쿠하라 선생님이신가요? 틀림없나요?"

궁지에 몰린 쥐 같은 눈동자였다. 긴장한 듯했지만 어쩐지 도전적이기도 했다.

"맞습니다."

"고집부려서 죄송해요. 후쿠하라 선생님은 환자한테 대충 얼버무리지 않고 제대로 마주봐 주시는 분이라고 들어서…… 꼭 한번 진료를 받고 싶었어요."

"기대에 부응할 수 있을지는 모르겠지만 최선을 다하겠습니다."

"선생님, 전 앞으로 얼마나 더 살 수 있을까요?"

갑작스러운 물음에 순간 당황하자 미호가 덧붙였다.

"선생님, 들어주세요. 전 꿈이 있어요. 그렇게 거창한 건 아니지만 꿈이 있어요."

"꿈이오?"

"엄마가 되고 싶어요."

미호는 조금 부끄러운 듯이 말했다.

"아기를 낳아서 기르고 싶어요. 딱히 부자가 아니라도, 평범한 집이라도 상관없으니 가정을 꾸리는 게…… 계속 꿈이었어요. 하지만 지금까지는 그다지 의식하지 못했어요. 그냥 평범하게 살다 보면 이루어질 줄 알았거든요. 남자 친구도 있었고 동거도 했었고. 저는 앞으로 나아가고 있다고 생각했어요."

무릎 위에서 굳게 움켜쥔 주먹이 떨렸다.

"그런데 HIV라는 진단을 받고 모든 게 다 엉망이 돼서…… 남자 친구한테 배신 당한 것도 그렇고, 에이즈 같은 큰 병에 걸리다니, 앞으로 어떡하면 좋아요? 그냥 죽어야겠다는 생각도 했어요. 하지만 엄마가 용서해 주셨어요."

후쿠하라가 쳐다보는 앞에서, 미호는 조금씩 말을 짜냈다.

"절 용서하셨어요. 이제는 섹스도 못하고, 애도 낳지 못하고, 가정도 꾸리지 못하는 절 용서하시는 거예요."

미호는 자신의 부정적인 사고에 휩쓸리지 않으려고 단단히 버티듯 고개를 들었다.

"전보다도 훨씬 더 강하게 꿈을 이루고 싶다고 생각하게 된 건 그때부터였어요. 남겨진 얼마 안 되는 시간을 모조리 나 자신을 위해 쓰고 싶어요. 더는 허투루 낭비하고 싶지 않아요. 간신히 의욕이 생겼어요."

숙제를 여름방학 마지막 날에 몰아서 하는 타입인가 봐요, 하고 부끄러운 듯이 고개를 숙였다.

"에이즈에 걸리면 남은 수명은 2년 정도고, 사망률은 90퍼센트가 넘는다고 들었어요. 이런 말이 이상하다는 건 알아요. 하지만 전 엄마가 되고 싶어요. 그래서 병원을 알아보다 후쿠하라 선생님의 평판을 듣고 오늘 이렇게 찾아왔어요. 전 포기하고 싶지 않아요. 어떻게든 해 주세요!"

후쿠하라는 미호의 서슬에 압도되어 한동안 말이 나오지 않았다. 그것을 거절로 받아들였는지, 미호는 분한 듯이 타협안을 제

시했다.

"엄마가 되긴 힘들다면…… 제가 낳은 아이가 아니라도 괜찮아요. 다른 누군가의 아이라도 상관없어요. 아주 짧은 한순간이라도 괜찮아요. 양자라도 좋고, 보모라도, 베이비시터라도 괜찮아요. 시간을, 저한테 시간을 만들어주세요……."

"왜 그렇게까지 엄마가 되려고 하세요?"

후쿠하라가 호기심을 억누르지 못하고 무심코 물어보고 말았다.

"네? 그건……. 어째서일까요?"

생각해 본 적도 없다는 투였다. 미호는 천천히 시간을 들여 말을 골랐다.

"엄마를 보면서 정말 대단하구나, 가족은 좋구나 하고 생각했어요. 하지만 아니야……. 그게 다가 아니에요. 그것도 있지만 그것뿐만이 아니라 훨씬 더 뭔가, 안쪽 깊은 곳에서 나오는 게 있어요."

"안쪽 깊은 곳에서요?"

"잘 설명은 못하겠지만, 살고 싶다는 생각이 애를 낳고 싶다는 마음으로 이어져 있는 느낌이 들어요."

미호는 아랫배를 감싸며 말했다. 여성 특유의 감각인지도 모른다. 후쿠하라는 가볍게 끄덕였다.

"이상한 걸 물어서 죄송했습니다."

후쿠하라는 옆에 있는 선반에서 환자용 안내 책자를 꺼내며 말했다.

"앞으로 얼마나 더 살 수 있느냐고 물으셨죠? 살아 봅시다. 50
년이든 100년이든 살아갑시다. 가정을 꾸리고 아이를 낳고 엄마
가 되어 봅시다."

"네?"

"HIV에 대해 어디까지 설명을 들으셨습니까?"

"아뇨, 아직 거의 아무것도…… 아무튼 양성 판정이 나와서,
앞으로의 치료 방침을 세우려면 큰 병원에 가 보라는 말만 들었
어요."

"아, 그러셨어요? 그럼 먼저 올바른 지식을 익히는 것부터 시
작해야겠군요."

후쿠하라는 빙긋 웃었다.

"미호 씨의 경우라면 HIV도 그렇게 무서운 병이 아니에요."

상점가 외곽에 있는 한 바. 준비 중이라고 적힌 팻말이 걸려 있
었다.

"무슨 일이야, 슌타? 왜 그렇게 기운이 없어?"

점장인 후루야가 카운터를 행주로 닦으며 이쪽을 보았다. 슌타
는 얼음을 깨서 케이스에 넣으며 대답했다.

"아뇨, 오늘은 잠을 좀 설쳐서요……."

"너 같은 멍청이도 잠이 안 올 때가 있냐?"

반짝반짝해진 검은 화강암 카운터를 들여다보며 후루야는 헤어스타일과 나비넥타이, 그리고 앞니를 체크했다.

"그리고 미열도 좀 있고요."

"너 같은 바보도 열이 날 때가 있냐? 얼른 나아라."

"……."

되받아칠 기력도 없었다. 말없이 유리잔을 닦았다. 한숨이 새어 나왔다.

"진짜 왜 그래? 그런 걸로 풀이 죽어서는. 그냥 농담이야. 무슨 일 있었어?"

"여자 친구랑 싸웠어요."

"뭐야, 그런 거였어? 괜히 걱정해서 손해 봤네."

"게다가 이상한 막말까지 던지잖아요. 내가 병에 걸렸다고요."

"무슨 병?"

"그…… 에이즈라고요."

후루야가 손을 멈췄다. 눈빛이 돌변했다.

"야, 그거 어디까지가 사실이야?"

"네? 아니에요, 걔가 날 협박하려고 지어낸 말이에요. 고약한 거짓말이라고요."

"……거짓말?"

"당연하죠."

슌타는 웃어 보였지만 후루야는 눈썹 하나 까딱하지 않고 말했다.

"그렇다면 상관없지만, 만약에 정말로 병에 걸렸으면 우리 가게에서는 나가라."

놀랄 만큼 냉정한 목소리였다.

"네?"

"당연하지 않겠냐? 너 같으면 에이즈 걸린 바텐더가 만들어주는 술을 마시고 싶겠어?"

"……아뇨. 하지만 거짓말이라니까요……, 틀림없어요."

후루야는 얼마 동안 슌타의 눈을 지그시 보다가 이윽고 흥 하고 콧방귀를 뀌었다.

"평소에 얕보이니까 여자가 그런 거짓말이나 하는 거야. 사내답게 좀 더 세게 나가야지."

"하하하…….."

어떻게든 의심은 풀린 듯했다. 슌타는 안도의 한숨을 내쉬고 개점 준비를 서둘렀다. 문득 후루야가 무언가 생각난 듯이 고개를 들었다.

"그러고 보니 예전에 에이즈에 걸린 손님이 있었지. 이런저런 얘기도 많이 들었는데 보통 일이 아닌가 보더라."

"네? 무, 무슨 얘길 했는데요?"

"병원에 가면 혀를 보여 줘야 한대."

"혀를요?"

"곰팡이가 피진 않았는지 검사하는 거래."

무심코 유리잔을 떨어뜨릴 뻔했다. 황급히 손을 뻗어 간신히 붙잡았다.

"혀에 곰팡이가 생기는 병이에요?"

"면역이 망가지거든. 곰팡이나 박테리아 같은 거? 평소에는 쫓아낼 수 있는 미생물이 몸을 좀먹는대."

"면역이 뭔데요?"

"그거야 뭐냐……. 그거지. 적혈구라든가 백혈구 같은 거. 세균이랑 싸우는 놈 말이야. 나도 자세한 건 몰라. 의사한테 물어 보든가."

"……그런데 그 손님은 어떻게 됐어요?"

"아, 그러고 보니 한동안 안 오네. 이미 저세상에 갔는지도 모르지."

근육질의 팔을 긁적이며 후루야가 웃었다. 그다지 관심이 없어 보였는데, 갑자기 이쪽을 물끄러미 노려보며 말했다.

"너, 얼굴색이 안 좋다?"

"아……. 죄송해요. 배가 좀 아파서요. 화장실 다녀올게요."

"그래. 가는 김에 화장실 청소도 하고 와."

후루야가 내민 자루가 긴 바닥 솔을 받아들고 슌타는 화장실로 들어갔다. 좁고 창문도 없어서 숨이 막힐 것 같은 작은 공간이다. 하지만 오히려 안정이 되었다. 세면대 거울 너머로 자신의 얼굴을 보았다. 창백했다. 가만히 혀를 내밀어 확인해 보았다.

곰팡이가 피지 않았는지를.

"슌타."

문 바로 너머에서 후루야의 낮은 목소리가 들리는 바람에 무심코 펄쩍 뛸 뻔했다.

"조금 전에 한 얘기, 정말로 거짓말 맞지?"

부정하려고 했지만 순간적으로 목소리가 나오지 않았다. 입안이 바짝바짝 탔다. 혀로 이 안쪽을 핥아 필사적으로 적시며 대답했다.

"당연하죠."

그렇겠지. 미안하다.

후루야의 웃음소리가 멀어져 갔다.

털퍽 주저앉아 한숨을 내쉬며 이마를 쓸었다. 끈적끈적한 땀이 흥건히 배어 있었다. 그러고 나서 거울을 보며 한 번 더 혀를 내밀어 보았다. 다시 보니 자신의 혀가 어땠는지 잘 떠오르지 않았다. 끄트머리 부분이 하얘진 것 같은 느낌도 들었다. 하지만 원래부터 그랬던 것 같기도 했다.

어떻게 판단해야 될지 가늠이 되지 않았다. 손끝으로 긁어 보자 하얀 조각이 툭 떨어졌다.

"그럼…… 아기도 낳을 수 있고 관계도 할 수 있나요?"

믿기 어렵다는 얼굴로 미호가 물었다.

후쿠하라는 힘차게 끄덕였다.

"다시 한 번 말씀드리지만, 미호 씨는 HIV…… 인간면역결핍
바이러스라는 것에 감염된 상태입니다."

"네. 그게 에이즈잖아요?"

"아, 아니에요. 아직 에이즈는 아니에요. 이 HIV라는 바이러스
는 가만히 내버려 두면 점점 증식해서 몸의 방어 기능을 파괴해
나가요. 그러면 건강한 몸에서는 아무런 문제가 되지 않는 곰팡
이나 미생물에도 쉽게 감염되죠."

"기회…… 뭐였죠?"

"기회감염입니다. 그런 질병의 몇 가지, 스물세 종류를 합해서
에이즈 지표 질환이라고 해요."

"그러니까…… 네. 에이즈 지표 질환이라는 병이 스물세 개라
는 거죠?"

후쿠하라는 미호의 이해도를 확인하며 되도록 천천히 설명
했다.

"바이러스가 증식한 결과, 그 스물세 종류의 질병에 걸릴 만큼
몸이 약해지면 그때 비로소 에이즈(AIDS)…… 후천성면역결핍증
후군이라고 부르게 됩니다."

"네? 아, 그래요?"

"네. 다시 말해 에이즈라는 말은 '위험한 상태' 정도의 뜻이라고
생각하시면 돼요. 평범한 감기도 컨디션이 좀 안 좋은 정도부터
위독한 상태까지 증세가 다양하게 나타나잖아요?"

"아, 네. 그럼 전 아직 위험하진 않군요. 그렇구나……."

"그것을 바탕으로 이 혈액검사 결과를 보세요."

후쿠하라는 숫자가 인쇄된 종이를 내밀었다.

"HIV·RNA양이라는 항목이 있잖아요?"

"128만 4천 카피라고 되어 있는데요……?"

"이건 바이러스 수를 나타낸 지표예요. 미호 씨의 혈액 1밀리리터에서 그만큼 바이러스의 RNA가 발견되었다는 뜻이에요. 아, RNA라는 건, 바이러스가 증식할 때 사용하는 도구 정도라고 생각하시면 돼요. 다시 말해, 이것이 많으면 많을수록 바이러스가 우글우글 늘어난다는 뜻이에요."

"저기…… 그럼 아주 많은 거 아니에요?"

"많죠. 1밀리리터에 100만이 넘으니까요. 상당히 많아요."

후쿠하라는 쾌활하게 말했다. 이 사람은 HIV에 감염된 지 얼마 안 된 듯하다. 감염 직후에는 급증하기 쉽다는 점을 고려하면 딱히 비관적으로 볼 숫자는 아니다.

"전 어, 어떻게 하면……."

"괜찮아요. 약으로 해치울 수 있으니까요."

후쿠하라는 주먹을 꽉 움켜쥐고 웃어 보였다.

"항바이러스제를 복용하셔야 해요. 약이 잘 듣는지 확인하기 위해 정기적으로 검사도 할 거예요. 현재 100만 카피가 넘는 바이러스양을 20카피 이하로 줄여 봅시다."

"그렇게까지 줄일 수 있어요?"

"그럼요. 이 20카피라는 숫자는 현재의 의학으로 확인할 수 있는 검출한계예요. 다시 말해, 혈액에서 바이러스가 발견되지 않는 상태로까지 낮추는 거예요. 요즘 의학으로는 그것이 가능합니다."

"혹시…… 바이러스가 사라지면 완치되는 건가요?"

"생활에 지장이 없는 상태가 됩니다. 6개월 이상 검출한계 이하를 유지하면 다른 사람과 섹스를 하더라도 감염 리스크는 제로라고 봅니다. 평범한 사람과 똑같다고 하면 어폐가 있지만, 거의 비슷한 상태가 됩니다. 남들처럼 평범하게 오래 살 수도 있고요. 수명에 큰 영향이 없다는 연구 데이터도 있거든요."

"잠깐만 기다려 주세요. 평범하게 아기도 낳을 수 있다는 말인가요?"

"물론이죠. 건강한 아기를 낳을 수 있어요. 아, 그래도 모유는 좀 위험하니까 아기한테는 분유를 먹여야 하지만요."

미호의 얼굴에 빛이 비쳤다. 굳어 있던 표정이 순식간에 풀어졌다.

"그 정도가…… 다예요?"

"말씀 드렸잖아요? 무서운 병이 아니라고요."

"놀랐어요. 끔찍한 이야기만 들었거든요. 미지의 병원체라 대처법도 없다든가, 원래는 원숭이한테서 감염된 병으로 인류에게는 치명적이라든가……."

"멋대로 퍼져 나간 유언비어는 물론이고, 의학의 진보로 시대에 뒤떨어진 정보도 많거든요. 어중간한 지식이 가장 위험해요. 편견이나 차별로 이어지거든요. 실제로 게이들이 걸리는 병이라든가, 마약중독자들이 걸리는 병이라든가, 제대로 된 통계도 보지 않고 떠들어대는 사람들이 아직 적지 않아요. 하지만 올바른 지식을 익히고 냉정하게 대처해 나가면 싸울 수 있어요."

"다행이다⋯⋯."

"저희가 있잖아요. 같이 열심히 싸워 봅시다."

후쿠하라는 가슴을 탁 두드려 보였다.

"고맙⋯⋯습니다."

어지간히 기뻤는지, 미호는 한동안 고개를 숙이고 눈가를 훔쳤다.

"진짜? 슌타, 너 에이즈야? 웃긴다!"

웃기기는 뭐가 웃기다고. 하나도 재미없다. 이 주정뱅이가.

"아니에요. 그런 거짓말까지 듣는 바람에 울적한 것뿐이라니까요."

슌타는 속으로는 불쾌했지만 표정으로 드러나지 않도록 주의하며 텀블러 글래스에 진을 따랐다. 토닉워터를 넣고 가볍게 저어 완성한 뒤 라임을 곁들여 냈다.

"그래도 짚이는 데는 있지? 이상한 유흥업소 다닐 것 같은데."

"그러지 마세요. 그런 데는 가본 적도 없어요."

사실은 후루야 씨가 가자고 할 때마다 갔다. 많을 때는 일주일에 서너 번은 될 것이다. 솔직히 금전적으로도 빠듯했지만, 진짜 남자는 여자와 놀 줄 알아야 된다는 것이 후루야 씨의 입버릇이다. 마사지 업소 같은 곳뿐 아니라 여장남자가 있는 업소나 코스프레 업소, SM 플레이를 하는 업소까지.

새카만 머리카락에 정장 차림의 젊은 여자는 상스럽게 다리를 벌리고 담배를 피우며 입을 쩍 벌리고 진토닉을 털어 넣었다. 회사에서는 이렇게 굴진 않겠지.

"뭐야, 아니야? 그래도 다행이네. 에이즈에 걸리면 인생이 완전 끝장나잖아."

"네? 그래요?"

무심코 카운터에서 몸을 내밀었다. 여자는 머리카락을 쓸어 올리며 라임 슬라이스를 추접스럽게 빨았다.

"약이 눈 튀어나오게 비쌀걸?"

"비싸요?"

"한 달에 수십만 엔씩 든대. 돈 없는 사람은 제대로 치료나 할 수 있겠어? 게다가 약을 먹는 것 자체도 진짜 보통 일이 아니래. 몇십 종류나 되는데 먹는 법이 다 다르거든."

"약을 그렇게 많이 먹어야 해요? 매일요?"

여자는 히죽 웃었다.

"당연하지! 매일, 평생 먹어야 돼. 게다가 깜빡하고 안 먹으면 끝장이던데? 약발이 안 듣게 돼서 손쓸 방법도 없어지거든."

미간에 주름이 깊어졌다. 그게 뭐야.

하루도 거르지 않고 몇 종류나 되는 비싼 약을 실수 없이 계속 먹어야 한다. 여행 중에도. 쉬는 날에도, 바쁜 날에도.

그러면 생활이 불가능하잖아.

조금 떨어진 카운터에서 점장이 여자를 꼬시고 있었다. 웃음소리가 어쩐지 멀리서 들려오는 느낌이었다. 땀이 밴 손을 아무에게도 들키지 않도록 꾹 움켜쥐었다.

아니다. 나는 에이즈에 걸릴 리가 없다. 그러면 살아갈 수가 없다. 그러니까 내가 에이즈일 리가 없다. 에이즈에 걸리면, 안 된다.

"와, 보통 일이 아니네요……."

억지로 쾌활하게 목소리를 내자 입꼬리가 실룩거렸다.

"앞으로는 하트(HAART, 고강도 항레트로바이러스 치료법) 요법이라는 방식으로 약을 드셔야 합니다."

후쿠하라는 마침내 투약에 대한 설명으로 넘어갔다.

"다른 말로 칵테일 요법이라고도 하는데, 요컨대 여러 종류의 항바이러스제를 한꺼번에 복용해서 바이러스를 박멸하는 겁니다. 어중간하게 했다가는 바이러스가 내성을 갖게 되면서 약이 안 들게 되거든요."

"네. 어떻게 하면 되는지 가르쳐주세요."

미호는 수첩과 펜을 꺼내 후쿠하라를 보았다. 준비는 완벽한 듯했다.

"그렇다곤 해도, 딱히 어렵지는 않아요. 옛날에는 하루에 약을 열여섯 알씩 먹어야 했지만요."

"그, 그렇게 많이요? 약만 먹어도 배가 부르겠네요……. 열심히 할게요."

지레짐작하는 미호의 눈앞에 후쿠하라는 작은 알약을 들어 보였다. 1엔짜리 동전 정도의 너비에, 가늘고 긴 타원형의 알약이었다. 수조에 낀 이끼를 말린 듯한 색이었다.

"예를 들면, 이건 스트리빌드라는 약인데요."

"이거랑 뭘 먹으면 되나요?"

"이것만 먹으면 돼요."

"네?"

"요즘에는 배합제가 있거든요. 여러 개의 약을 하나로 만드는 데 성공한 거예요. HIV의 종류나 체질에 따라 처방은 달라지지만, 미호 씨의 경우에는 이 약을 하루에 한 알씩 드시면 돼요."

"……쉽네요."

미호는 어안이 벙벙했다. 후쿠하라는 고개를 끄덕였다. 처음에는 어렵다고 생각하게 만들어 놓고 사실은 쉽다는 식으로 풀어나가는 방식은 의사가 곧잘 사용하는 테크닉이지만, 실제로도 HIV 치료는 극적으로 진보했다.

"증상에 따라서는 약을 여러 종류 먹게 될지도 몰라요. 폐렴을

예방하기 위한 ST합제라든가. 그래도 그 정도예요. 이 정도라면 계속할 수 있을 것 같죠?"

"네."

"그러면 음……. 반년 정도면 검출한계 이하로까지 바이러스양을 줄일 수 있을 거예요."

"네? 그렇게 빨리요? 바이러스가 이렇게 많은데요?"

"그럼요. 단, 절대로 복용을 거르면 안 돼요. 한 번이라도 깜빡하고 안 먹으면 바이러스가 변이할 가능성이 있어요. 그렇게 되면 골치 아파져요. 거의 스무 번에 한 번 정도만 깜빡해도 위험해요. 저희가 진단을 내리고 적절한 약을 처방할 수는 있어요. 하지만 그 약을 제대로 계속 복용할 수 있을지는 미호 씨한테 달렸어요. 날마다 싸워야 하는 사람은 미호 씨니까요."

"네. 알겠습니다."

미호는 끄덕이며 조용히 말했다. 옅은 미소까지 짓고 있었다.

"처음부터 싸울 각오는 되어 있었어요."

그런 느낌이다.

후쿠하라도 입꼬리를 올리며 웃었다. 싸울 의지가 있는 환자는 강하다. 절망의 구렁텅이를 보고도 여전히 싸우려는 사람은 특히 더 그렇다. 그런 사람과 함께 싸울 수 있다는 것은 행복이다.

미호는 퍼뜩 떠올랐는지 입을 열었다.

"맞다, 치료비는 얼마나 드나요? 죄송하지만 지금은 돈이 별로 없어요. 아직 일을 못 구해서……."

각오가 되어 있는 환자는 이런 이야기도 스스럼없이 꺼낸다.

그렇게 나와야지.

"대체로 한 달에 20만 엔 정도인데 제도도 다양하게 있어서……."

"알겠습니다. 20만 엔이라고요? 어떻게든 만들어 볼게요."

앗, 좀 기다려 봐.

곧바로 받아들이는 미호를 오히려 이쪽이 따라잡지 못했다.

"건강보험이 적용돼요. 30퍼센트만 부담하면 되니까 6만 엔 정도예요. 그리고 장애인 수첩을 신청할 수 있어요. 그 보조금도 사용하면 환자부담금은 1만 엔 이하, 수입에 따라서는 무료로도 받을 수 있을 거예요."

"네? 그렇게 싸져요?"

"HIV 환자를 지원하는 제도도 충실해졌거든요. 한때는 공포의 대상이었지만 의학과 우리 사회가 그것을 극복해 나가고 있어요."

후쿠하라는 자랑스럽게 말했다. 자신의 공적이라고 뻐길 생각은 없었다. 의학을 공부한 사람, 인간 사회에 속한 사람으로서의 긍지였다.

"애당초 HIV는 불치병이라는 인식이 있는데, 어째서 낫지 않는지 아세요?"

미호는 고개를 가로저었다.

"아뇨……, 역시 미지의 바이러스라서 그런 거 아닌가요?"

"정답은 HIV가 숨바꼭질의 명수라서 그래요."

"숨바꼭질의 명수요?"

"네. 녀석들은 꼭꼭 잘 숨거든요. 혈구 안에 교묘하게 숨어 있기 때문에 약효가 닿기까지 시간이 걸려요. 하지만 반대로 말하면 그뿐이에요. HIV는 고칠 수 있어요."

"네? 고칠 수 있다고요?"

"네, 고칠 수 있어요. 단, 지금의 약으로는 HIV를 모조리 발견해서 몸에서 말끔히 쫓아내기까지 약 70년 정도 걸려요. 그래서 먼저 수명이 다하고 말죠."

후쿠하라는 호쾌하게 단언했다.

"무적의 병원균도 아니고, 악마의 바이러스도 아니에요. 단지 장기전일 뿐이죠."

물론 그것을 어떻게 받아들일지는 사람에 따라 다르다. 절망하기는 쉽다. 하지만 후쿠하라는 편안한 말투로 말했다.

"장기전은 살다 보면 얼마든지 있잖아요? 어떤 사람은 피부가 쉽게 거칠어지고, 또 어떤 사람은 저혈압을 안고 살아가요. 시금치를 싫어하는 사람도 있는가 하면, 남들 앞에만 서면 금방 긴장하는 사람도 있죠. 그리고 HIV에 걸린 사람도 있고요."

"그걸…… 같은 줄에 놓고 볼 수 있을까요?"

"그럼요. 하나같이 평생 동안 자신과 같이 가는 거잖아요. 방법을 찾으면서, 때로는 귀찮아하면서도요. 피부가 약하면 크림을 바른다든가, 아침에 잘 못 일어나면 알람을 이중으로 맞춘다든가. 시금치는 갈아서 달걀말이 할 때 섞어 넣으면 먹기 쉬워지고, 남들 앞에서 긴장한다면 사전에 연습해 두고, HIV는 빠짐없이 약을 먹으면 돼요. 어떠세요? HIV도 별거 아니라는 생각이 들지 않나요?"

"드, 들어요. 그렇구나……. 난, 나을 수 있구나."

"그런 마음가짐이 중요해요. 낫는다고 생각하면 길은 열리거든요. 싸우려는 의지가 가장 중요하죠. 그건 그렇고, 병원으로 오신 건 정말 잘하신 일이에요. 어떤 병이나 마찬가지지만, 조기 발견이 중요하니까요."

"조기 발견……."

미호는 순간 불안한 표정을 보였다.

"병이 낫지 않는 건 많은 경우가 '이미 늦었기' 때문이에요. 미호 씨가 처음에 말씀하셨듯이, AIDS에 걸리면 수명이 2년이라는 얘기도 바로 그래서예요. 치료하지 않고 방치했을 경우죠. 그런 의미에서는 병원에 오는 것이 첫 번째 싸움이라고 할 수 있어요. 미호 씨는 제대로 싸웠어요. 훌륭해요."

후쿠하라는 힘주어 말했다.

언젠가 더 좋은 약이 개발되어 70년씩 걸리지 않고 불과 며칠 만에 바이러스를 박멸하는 시대가 올 것이다. 그때가 오면, 한때는 악마의 병원체라며 두려워하던 HIV는 단순한 감기 수준으로 격하될 것이다. 괴혈병을, 천연두를, 결핵을 끌어내린 것처럼 의학의 진보에 한계는 없다. 아니, 의학이 아니다. 굴하지 않는 인간의 마음에 끝이 없는 것이다.

쓰러져간 사람도 있다. 바람을 이루지 못한 사람도 있다. 하지만 그들의 바통을 이어받고 건네주며 의학은 인간의 희망으로 존재해 왔다.

"열심히 해봅시다, 미호 씨."

손을 내밀었다.

"네."

미호는 허둥지둥 그 손을 맞잡았다. 작고 하얀 손이 후쿠하라의 손에 닿았다.

후쿠하라는 상대를 격려하면서 자신도 같이 힘을 나누어 받는 느낌이 들었다. 두 사람은 악수를 나누었다. 서로 자신의 체온을 나눠 주는 것 같았다.

혀 위에 오돌토돌한 것이 보였다.

슌타는 세면대 거울을 보며 혀를 내밀었다 넣기를 되풀이했다.

희끗한 색이 보였다. 핑크색 부분 사이로 얼룩덜룩했다. 곰팡이일까. 손톱으로 몇 번 긁으면 떨어졌다. 칫솔로 혓바닥을 박박 문질러 보았다. 아플 때까지 계속했다가 일단 만족하고 거실로 돌아왔다. 위스키를 마시며 재미도 없는 비디오게임을 했다. 얼마 동안 레벨을 올리고 다시 불안해져서 세면대로 달려갔다.

예방해 두는 편이 좋을지도 모른다. 세면대 밑을 뒤적여 곰팡이 제거제를 꺼냈다. 비닐봉지에 이중으로 싸여 있었다. 미호가 욕실 등을 청소한 뒤에 그렇게 해 두었을 것이다. 귀찮게 일을 만드는 성격이다. 거칠게 비닐을 뜯어서 열고 패키지를 보았다.

피부나 점막에 직접 닿지 않도록 주의하십시오.

눈에 띄는 빨간 글자로 그렇게 적혀 있었다. 혀에 발라도 될까. 플라스틱 통을 든 채 잠깐 고민했다.

슈퍼에서 파는 물건이잖아. 정말로 위험한 약품이라면 어린애가 장난하다 사건이 벌어졌을 것이다. 그런 뉴스는 들어본 적이 없다. 그러니까, 괜찮다. 평범하게 생각하면 그렇다.

칫솔 끄트머리에 스프레이를 아주 살짝 뿌려 보았다. 풀장에서 나는 익숙한 염소 냄새가 코를 푹 찔렀다. 몇 번 더 뿌려서 혀에 조심스럽게 가져갔다.

전화벨이 울렸다.

놀라서 무심코 칫솔을 놓으며 입에 물고 말았다. 곰팡이 제거제가 혀에 제대로 닿았다. 생각과 달리 아프지는 않았다. 강렬한 냄새가 입안에 퍼지는 동시에 저릿한 느낌이 났다. 만져 보니 미끌미끌하고 깔깔했다. 슌타는 칫솔과 함께 그것을 뱉어 내고 황급히 물로 입을 헹군 뒤 휴대폰을 찾았다.

미호가 이틀 만에 휴대폰의 전원을 켜자 예상한 대로 슌타에게

서 부재중 전화와 문자가 잔뜩 와 있었다. 내용을 확인할 마음도 들지 않았다. 미호는 한숨을 내쉬고 얼마 동안 눈을 감고 고민했다.

슌타가 진심으로 사과하지 않는 한 돌아가지 않을 것이다. 그런 각오로 뛰쳐나왔다. 섣불리 미련을 보였다가는 그 틈을 파고들 것이고 자신의 결심도 흔들릴 것이다. 그랬다가는 도로아미타불이다. 그러니까 이것은, 지금부터 걸 전화는 결코 애정이 아니다.

인정이다.

'슌타'라고 적힌 연락처를 꺼내 전화를 걸고 숨을 고르며 휴대폰을 귀에 댔다.

용건만 말하고 바로 끊자. 용건만 말하고 바로 끊자. 마음속으로 되뇌었다.

"여, 여보세요?"

놀란 슌타가 전화를 받았다. 목소리가 이상했다. 혀에 화상이라도 입은 듯했다.

"미호야?"

그래도 슌타였다. 남자치고는 비교적 높은 목소리만 들어도 가슴 안쪽이 천천히 따뜻해지고 마음이 왈칵 끌려가는 것을 느꼈다. 몸은 괜찮아? 일은 잘 끝났어? 밥은 뭐 먹고 싶어? 그렇게 묻고 싶어지는 것을 간신히 참으며 되도록 싸늘한 목소리로 말했다.

"응."

"너 왜 연락 안 했어? 충전기를 깜빡한 거야? 여전히 칠칠맞지 못하긴."

무심한 척하는 말투지만 안도한 느낌이 선명하게 배어나왔다. 내가 전화해서 기쁜 것이다. 여전하구나.

"어때? 머리는 다 식었어? 어차피 내가 없으면 안 된다는 걸 깨닫고 머뭇머뭇하며 전화한 거지? 걱정 마. 나도 그렇게 냉정한 사람은 아니니까 앞으로 안 그런다고 약속하면 용서할게. 돌아와. 화해하자."

왜 그런지는 잘 모르겠지만 이쪽이 잘못했다고 생각하나 보다. 그런 슌타에게 빠르게 마음이 식어가는 것을 느끼며 미호는 말했다.

"검사는 했어?"

"어?"

전화기 너머에서 당혹스러움이 전해져 왔다.

"HIV 검사 말이야. 검사 키트 줬잖아."

"아니, 그건……."

슌타의 말꼬리가 우물우물하며 기어들어 갔다.

"뭐라고? 안 들리니까 똑바로 말해."

"거, 검사 키트는 버렸어."

"뭐? 버렸다고? 왜?"

무심코 목소리가 높아졌다.

"그냥, 기분 나쁘잖아. 그런 걸 집안에 어떻게 두냐."

미호는 크게 한숨을 내쉬었다. 슌타에게도 들렸을 것이다.

"슌타, 잘 들어."

"어? 뭐야, 또 설교하려고?"

"난 병원에 다녀왔어. HIV는 무서운 병이라고 생각했는데 제대로 치료하면 낫는단 걸 알았어. 그래도 치료를 안 하면 위험해. 내버려 두면 나중에는 손쓸 방도가 없대. 그러니까 제대로 검사해 봐."

"괜찮아. 내가 에이즈에 걸렸을 리가 없다니까."

"그러니까 그걸 제대로 확인하라고. 왜 자기 멋대로 판단하는 거야?"

"미호는 내가 걱정돼서 그러지?"

"왜 얘기가 그렇게 되는데?"

되받아쳤지만 정곡을 찔렸다.

후쿠하라 의사에게 '방치하면 위험하다'는 이야기를 들었을 때 머리에는 슌타가 떠올랐다.

"내가 소중하면 솔직하게 그렇다고 하면 되잖아. 미호, 몇 번이나 얘기했잖아? 돈이 모이고 지금 다니는 가게에서 수련이 끝나면 내 가게를 차릴 거라고. 거기서는 내가 바텐더고, 영업이 끝나면 매일 널 위해서 칵테일을 만들어 주겠다고. 그러니까 돌아와. 다시 잘해 보자."

마음이 흔들렸다. 하지만 미호는 참았다. 지금까지 몇 번이나 그런 식으로 속아왔다.

"다시 시작한다면 슌타를 만나기 전부터 다시 시작하고 싶어."

"……뭐?"

"슌타는 꿈을 이룰 마음이 전혀 없잖아."

"그렇지 않아."

웃음소리가 들려왔지만 슌타는 명백히 초조해져 있었다.

"수련하는 중이라고 하지만, 결국 그 후루야라는 사람한테 헐값에 이용 당하고 있을 뿐이잖아. 돈도 모을 생각은 않고 노는 데 다 써 버리고. 그냥 하루하루가 즐거우면 그걸로 만족해? 내가 몇 번이나 말했잖아. 독립하고 싶으면 먼저 그 사람이랑 연을 끊고 혼자 공부해야 한다고."

"뭐야? 넌 후루야 씨가 어떤 사람인지도 모르면서 어떻게 그런 소리를 하냐?"

"우리 관계도 그래. 동거한 것까지는 좋은데, 조금도 앞으로 나가려고 하지 않잖아. 아빠랑 한번 만나 달라고 해도 언제나 어물쩍거리며 대충 넘기려고 하고. 유흥업소 다니는 것도 알고 있었어. 싫었지만 그냥 노는 거라고 생각했으니까, 나도 완벽한 여자 친구는 아니니까 말 안 한 거야. 그뿐이야."

"그건, 있잖아, 저기…… 사정이. 그러니까 그게……."

"다시 시작하고 싶으면 널 바꿔 봐!"

미호가 소리쳤다. 어느 틈에 눈에서는 눈물이 흘러내리고 있었다.

"슌타는 겁쟁이야. 정신 차리고 잘 좀 해 봐. 날 행복하게 만들어 보라고! 그러지 않으면 난……."

전화기 너머에서는 침묵만이 감돌았다. 평소처럼 어쩔 줄 몰라서 쩔쩔매고 있겠지.

"어차피…… 달라질 수도 없으면서."

"미호, 난……."

"언제나 말뿐이야. 약았어!"

큰 소리로 외쳤다. 눈물을 닦으며, 흐느낌이 새어 나오지 않도록 참았다. 울고 있다는 것을 들키고 싶지 않았다.

"난 더는 엄마한테 걱정을 끼치고 싶지 않아. 그러니까 앞으로는 전화하지 마. 마지막으로 한 번 더 말하지만, 검사만큼은 받아보는 게 좋아. 그럼 안녕."

미호는 감정을 억누르며 말하고 전화를 끊었다. 그리고 침대에 털썩 누워 젖은 얼굴을 베개에 파묻고 한동안 엉엉 울었다.

그날 밤, 슌타는 일을 쉬었다.

도저히 일하러 갈 기분이 아니었다. 미호가 생각보다 훨씬 더 단호하게 자신을 거부한 것도 물론 충격이었지만 그것만이 아니었다.

곰팡이 제거제 때문에 아픈 입안을 살펴보려고 거울 앞에 섰다가 발견하고 말았다.

이게 뭐야.

송곳니보다 조금 안쪽, 윗입술과 윗잇몸 사이에 불룩하게 부어오른 살덩어리가 있었다. 미국 체리처럼 검붉고, 건포도 같은 이상한 모양을 하고 있었다. 아프지는 않았다. 혀끝으로 건드려보자 혹처럼 탄력이 있었다.

구내염이라기에는 너무 컸다.

등줄기를 타고 오싹한 한기가 내달렸다. 슌타는 입을 다물고 덜덜 떨면서 이불 속으로 파고들었다. 꿈속 세계로 달아나 모든 것을 잊고 싶었다. 아침에 일어나면 모든 것이 사라져 있기를 빌었다.

카포시 육종. 에이즈 지표 질환의 하나라는 사실을 슌타는 알 길이 없었다.

나무 울타리 위로 달팽이가 기어가고 있었다. 이렇게 굼뜬데 정말로 올라가고 있다고 생각하는 걸까. 미호는 팔꿈치로 턱을 괴고 그 느긋한 모습을 불만스럽게 보고 있었다.

"아침 먹자."

엄마가 부르자 미호는 아래층으로 내려가 식탁 앞에 앉았다. 맞은편에는 아빠가 앉아서 신문을 활짝 펼치고 읽고 있었다. 어떤 표정을 짓고 있는지는 보이지 않았다. 조금 긴장하며 햄에그에 간장을 뿌리는데 아빠의 목소리가 들렸다.

"엄마한테서 다 들었다."

손을 멈추고 고개를 들었다. 아빠는 여전히 신문 너머에 있었다.

"혈액검사 결과도 봤어. 이 바이러스양이라는 건 알겠는데, CD4의 260이라는 수치는 뭐냐?"

"아, 그건…… 잠깐만."

미호는 수첩을 가져와 후쿠하라 의사와 이야기하면서 적은 메모를 보았다.

"1밀리미터×1밀리미터×1밀리미터의 사각형 안에 260개, CD4 양성 림프구가 있다는 뜻이야. 이 림프구는 면역의 중요한 역할을 담당하는 세포로…… 이 수치가 다시 말해 면역력, 자력으로 세균 같은 걸 없애는 힘의 지표가 된대."

"260이면 많은 거냐?"

"아니. 보통은 천에서 7백 정도는 있으니까…… 상당히 적어."

"그렇구나."

아빠가 말수가 적어서인지 오히려 미호가 말이 많아졌다.

"보통 사람의 3분의 1 수준이야. 그러니까 보통 사람보다 세 배 약해진 셈이지. 수치가 내려가면 내려갈수록 점점 더 자력으로 싸우지 못하는 병이 늘어나. 200 밑으로 내려가면 AIDS라고 하는 상태가 코앞까지 온 거야. 그리고 AIDS 상태에서 회복하지 못하면……."

죽는다.

"음. 그래서 약으로 바이러스양을 줄이고 CD4는 늘리는 거구나. 두 가지 수치를 관리하면서 투약을 조절한다고?"

"응, 맞아."

역시 아빠는 엄마보다도 훨씬 이해가 빠르다.

"그렇구나."

아빠는 신문지를 접어 테이블 옆에 내려놓았다.

두꺼운 은테 안경, 부리부리한 눈에 매부리코, 우락부락한 얼굴은 그대로였지만 흰머리가 많이 늘고 피부가 조금 처진 듯했다.

"미안해⋯⋯. 아빠. 멋대로 집을 나가서."

아빠는 깊은 숨을 내쉬고 천천히 말했다.

"여긴 네 집이야. 얼마든지 있어도 돼."

"고마워⋯⋯."

"그 남자하고는 헤어진 게냐?"

"응."

"그러냐. 그게 낫겠지."

"⋯⋯역시 너무 껄렁껄렁했어?"

"엄마나 너한테서 들은 이야기밖에 모르지만. 뭐, 좀 경박한 인상은 있었지."

"역시 그렇구나⋯⋯."

"넌 도통 들을 생각이 없었지만."

담뱃갑을 꺼내며 아빠가 이쪽을 슬쩍 보았다.

"HIV에 담배 연기는 괜찮니?"

"괜찮을 거야."

미호는 그렇게 대답했지만, 부엌에서 엄마가 고개를 불쑥 내밀었다.

"여보, HIV랑 상관없이 젊은 여자는 담배 연기를 안 맡는 게 좋지 않을까?"

아빠는 말없이 끄덕이고 담배를 도로 넣었다. 이렇게나 사랑해 준다. 미호는 가슴 안쪽이 바싹 옥죄이는 것 같았다.

"그런데 구직 활동은 잘 되고 있니?"

"……응. 괜찮은 곳이 몇 군데 있을 거 같아. 이번에 면접 다녀올 거야."

생활을 처음부터 다시 시작하기 위해, 후쿠하라 의사와 의논하면서 미호는 지금까지 하던 콜센터 아르바이트를 그만두고 정사원으로 전환될 가능성이 있는 직업을 찾고 있었다.

"홍역을 좀 길게 앓긴 했지만 이제 다 나은 거 같아서 안심이야."

엄마가 국자로 냄비를 저으며 말했다. 따뜻한 토마토 수프 향기가 부엌에서 퍼져 나왔다.

홍역이라니. 마음속 한쪽이 찌릿하게 아팠다. 아직은 그렇게 딱 잘라내지는 못하지만.

"선술집에서 아르바이트를 하겠다고 했을 때부터 엄마는 좀 불안했어. 할 줄 아는 거라고는 여자 후리는 기술밖에 없는 남자한테 코가 꿰어서는. 남자한테 면역도 없으면서."

그 사람한테도 좋은 점은 있어. 입에서 그런 말이 튀어나올 뻔했지만 그만두었다. 이제 와서 슌타를 감싼들 무슨 의미가 있겠는가. 대신 머리를 긁적이며 웃었다.

"남자한테 면역은 생겼는데 CD4는 내려가고 말았지."

"……미호만 할 수 있는 농담이네."

재미있다는 듯이 엄마가 웃었다. 아빠는 다시 신문을 읽기 시작했다.

고마워. 아빠, 엄마. 나도 다시 한 번 힘낼게. 이번에야말로 걱정 끼치지 않게 잘할게.

미호는 마음속으로 결심을 다잡았다.

키리코 의원 창문에는 달팽이가 달라붙어 있었다.

비가 내릴 때까지 껍데기 안에서 지구전을 할 태세다. 다시 말해, 이 빌딩은 그만큼 축축한 곳에 있었다.

"오늘도 아무도 안 오네요."

진구지가 넌더리를 내며 말했다.

"그렇게 갑자기 번창할 리가 없잖아. 신규 오픈인데."

키리코는 따뜻한 물을 홀짝홀짝 마시며 두툼한 외국 서적을 보고 있었다.

번창시킬 마음이 정말로 있기는 하느냐고 비꼬고 싶었지만 그래 봐야 호박에 침주기니, 화제를 바꿨다.

"전부터 궁금했는데, 저 커다란 건물은 뭘까요? 학교예요?"

주택가의 지붕 건너편에 12층짜리의 큼직한 빌딩이 우뚝 서 있었다. 날개를 펼친 새 같은 모양으로, 위에는 헬리포트까지 있었다.

"어, 몰랐어? 도쿄 구치소야. 학교에 저렇게 높은 벽을 둘러칠 리가 없잖아."

"엄마야."

진구지는 작게 펄쩍 뛰었다.

"우린 범죄자들이랑 이웃사촌인 거예요?"

"그러니까 월세가 싸지. 그리고 저곳도 병원이랑 크게 다를 것도 없어. 대부분이 원해서 들어오는 것도 아니고 의지와 상관없이 갇히지. 나갈 때는 축하를 받고."

키리코는 아무렇지 않게 물컵을 입에 대고 있었다.

"……집에 가고 싶어졌어요."

"응? 가도 돼. 애초에 진구지는 왜 여기로 왔어?"

"휴진일은 목요일과 일요일뿐이라고 키리코 선생님이 정하셨잖아요!"

"아니, 그게 아니라. 취직할 곳은 얼마든지 있었을 거 아냐? 일부러 날 따라오지 않아도 됐을 텐데."

"그건……."

어떻게 설명해야 좋을지 잠시 망설였다. 본인도 이유가 그다지 명확하지 않았기 때문이다. 대답을 뒤로 미룰 수 있도록 거들어 주듯이 문을 노크하는 소리가 났다. 두 사람은 문을 돌아보았다. 어차피 뭔가를 팔러 왔을 것이라고 생각했는데 조심스럽게 문손잡이가 돌아갔다.

"저기, 여기가 병원 맞나요……?"

소매가 긴 싸구려 검은 운동복을 입은 키가 큰 남자가 불안한지 눈을 끔뻑거리며 서 있었다. 얼굴이 빨갛고 이따금 기침을 했다. 키리코는 의자에 앉은 채로 말했다.

"네, 맞습니다. 의료법상으로는 진료소지만요."

"네? 의료법이요……?"

의미도 없는 진지한 답변에 당황한 남자에게 진구지가 서둘러 미소를 지으며 달려갔다.

"몸이 불편해서 오셨어요? 이 문진표를 작성해 주시겠어요?"

"아, 네."

남자는 어둑하고 궁상스러운 실내를 두리번두리번하며 종이와 펜을 받아들었다.

"미조구치 슌타 님이시죠? 어디가 불편해서 오셨어요?"

몸을 움직일 때마다 삐걱삐걱 소리를 내는 파이프 의자에 앉아 키리코와 남자는 마주 보았다. 남자는 진구지가 건네준 진찰권을 그대로 손에 움켜쥐고 있었다.

"아, 저기 아마도 그냥 감기인 것 같은데요. 뭐랄까……."

남자는 입을 어중간하게 벌리고 우물우물하며 두서없이 입을 뗐다.

"언제부터인가요?"

"그게, 어젠가? 아마도요."

이상한 표현에 키리코가 뾰족한 턱을 치켜들었다.

"정말로 어제부터였나요?"

"네, 어제 맞아요."

"그럼 목을 좀 살펴볼까요? 아 해보세요."

키리코는 옆에서 은색 설압자를 꺼내 남자 쪽으로 내밀었다. 그러자 남자는 양손을 내저으며 뒷걸음질 쳤다. 의자가 끼익끼익 비명을 질러댔다.

"아, 아뇨, 괜찮아요. 그럴 필요는 없어요."

"왜죠?"

"아니, 그냥 무서워서요. 그러지 않아도 돼요."

"혀를 누르고 안쪽을 보기만 할 거라 아프진 않아요."

"아니, 그냥, 제가 좀 감기를 달고 살거든요. 그런데 점장님이 정말로 그냥 감기 맞냐고 자꾸 물어봐서요. 그러니까 그냥, 진단서나 휘리릭 써 주셨으면 해서요. 단순한 감기예요."

"진단을 하지 않으면 진단서를 써 드릴 수가 없는데요?"

남자는 헤실헤실 웃으며 손을 모았다.

"어떻게 안 될까요? 그냥 좀 해 주세요. 이렇게 낡아빠진 병원이라면 그런 것도 해 주지 않을까 싶어서 왔거든요."

진구지는 이상한 환자라고 생각했다. 하지만 진찰을 두려워하는 환자는 꽤 많으므로 특별히 의아하게 여기지는 않았다. 의외로 덩치가 우람한 남자 중에 많은 편이기도 했다.

"하다못해 가슴 소리는 들어보게 해 주시겠어요?"

키리코는 청진기를 내밀었지만 남자는 그것도 완고하게 거부했다.

"아뇨, 그런 건 괜찮다니까요. 진짜예요."

"눈으로 대충 본 정보만으로 판단하라는 말씀인가요?"

"네, 맞아요. 그냥 그렇게…… 좀 해 주세요."

키리코는 포기했는지 청진기를 도로 넣었다. 그러더니 남자를 물끄러미 보고 나직하게 중얼거렸다.

"겉으로는 단순한 감기처럼 보이기는 합니다만."

"맞아요, 그렇죠? 휴우, 그 말이 듣고 싶었어요."

남자는 손뼉을 짝 마주치며 기뻐했다.

"하지만 제대로 진단하게 해 주시지 않는 한 진단서는 써 드릴 수 없어요."

"안 되나요? 진짜 안 될까요?"

키리코가 끄덕이자 남자는 아무렴 어떠랴 하고 웃었다.

"그래도 괜찮아요. 선배한테는 진단서를 깜빡했다든가, 굳이 진단서까지 뗄 필요도 없다고 했다든가 하는 식으로 얘기할게요. 단순한 감기라면 안심이니까요."

진구지는 미간을 찡그렸다.

이 환자는 뭐지? 마음대로 떠들어대는 바람에 키리코 의원의 평판이 떨어지면 곤란하다.

하지만 키리코는 그에게 주의를 줄 생각이 없어 보였다. 말없이 스테인리스 그릇을 책상 위에 탁 내려놓았다.

"진료비는 내고 싶으신 만큼 여기에 넣어주세요."

남자는 '진료비'라고 적힌 그릇을 보며 호주머니를 뒤적였다.

"저기, 저도 잘은 모르지만 건강보험이라든가 그런 거 필요한가요?"

"저희는 비보험 진료만 합니다. 그러니 보험증을 제시하실 필요가 없고, 진료비도 이번에는 적당히 내시면 됩니다."

남자는 그다지 의아하게 여기는 기색도 없이, 아, 그래요? 하고 100엔짜리 동전을 그릇에 던져 넣었다. 땡그랑.

말도 안 돼. 진구지의 눈이 번뜩 빛났다. 초진은 진료 보수 282점이라고. 다시 말해, 평범한 병원이라면 2,820엔이다. 30퍼센트 부담하더라도 846엔이다.

"감사합니다."

키리코는 그릇 안의 동전을 별다른 느낌도 없는 듯이 바라보았다.

"휴우, 긴장했는데 오길 잘했어요. 아, 담배 피워도 돼요?"

"원내 금연입니다!"

진구지가 날카롭게 말했다. 아, 그렇구나, 하고 남자는 담뱃갑을 도로 넣었다. 그러고는 실내를 둘러보았다.

"그런데 여긴 허름해서 좋네요. 이 정도라면 나도 안심하고 올 수 있겠어요. 사실은 다른, 훨씬 더 큰 병원에도 가려고 했거든요. 그런데 아무리 해도 자동문 안으로 들어갈 수가 없어서 문 앞까지 갔다가 도로 돌아왔어요. 그런 곳은 무섭거든요."

남자는 돌아갈 기미를 보이지 않았다. 술술 이야기를 풀어놓았다. 키리코가 물었다.

"무섭다고요? 의사가 왜 무서워요?"

"네? 아니 그냥…… 혼날 것 같잖아요. 학교 선생님 같아서 좀 불편해요."

"싫으면 병원에 안 가면 되잖아요?"

"아니, 뭐, 그렇긴 하지만. 그게 맘대로 되나요."

"누가 강요해서 억지로 가는 건 아니잖아요?"

"아니, 잠깐만요, 걸리는 부분이 거기예요?"

키리코는 순수하게 궁금한 듯했다. 고개를 갸웃거리며 말을 이었다.

"의사는 도구에 지나지 않아요. 물론 다양한 의사가 있지만, 어떤 도구를 골라서 쓸지는 환자의 자유예요. 가위도 잘못 사용하면 다치기도 하지만 가위 자체가 공격하는 건 아니잖아요?"

땡그랑 하고 키리코는 그릇 안의 100엔짜리 동전을 손가락 끝으로 튕겼다.

"슌타 씨는 돈을 들여서 일부러 왔으면서 의사를 사용하려는 인식이 부족한 것 아닌가요?"

"뭐, 뭐라고요? 내 잘못이라는 거예요?"

"아뇨, 잘못이라고는 하지 않았어요. 단지 저와는 다르다고 생각했을 뿐이에요."

"선생님은 안 그래요? 병원에 가는 게 안 무서워요?"

슌타는 신기하다는 듯이 키리코의 얼굴을 들여다보았다.

"무섭지 않아요."

"왜요? 뭔가 이상한 병에 걸렸단 걸 알게 될지도 모르잖아요?"

"이상한 병에 걸린 줄도 모르고 있는 편이 더 무섭지 않을까요?"

"이상한 약을 먹일지도 모르고요."

"약이 의심스러우면 확인을 하든지 직접 알아보면 되잖아요."

"아니, 아니에요. 그런 게 아니라요."

왜 이해를 못할까, 하고 슌타는 머리를 벅벅 긁었다. 깔끔하게 모양을 잡아 놓은 삐죽삐죽한 머리가 흐트러졌다.

"아, 그렇지. 이거야. 병원에 가면 사실은 자기가 앞으로 며칠 뒤에 죽는다고 알게 되는 경우도 있잖아요? 그러면 무섭잖아요?"

"그렇진 않은데요."

키리코는 일어섰다.

"전 모든 것에 숫자가 깃들어 있다고 생각할 때가 있어요. 예를 들면."

책꽂이를 손가락으로 슥 가리키며 덧붙였다.

"저 책을 읽을 수 있는 기회는 앞으로 세 번이라든가."

어리둥절한 슌타 앞에서 키리코는 방 안 여기저기를 가리켜 나갔다.

"저 물은 앞으로 5천 번 마실 수 있고, 의자에는 3천 번 앉을 수 있고. 아, 이건 그냥 대충 예를 들어 얘기하는 거예요. 진구지 간호사와 같이 일할 수 있는 건 앞으로 3백 번. 슌타 씨와 이야기할 수 있는 기회는 앞으로 열 번."

손가락으로 가리키자 슌타는 놀라서 눈을 끔뻑끔뻑했다.

"물론 몇 번 남았는지 정확한 숫자는 모르지만 사람은 언젠가 죽게 되어 있어요. 모든 것에 유한한 숫자가 깃들어 있죠. 그렇다면 이제 와서 며칠 뒤에 죽는다고 해도 딱히 놀랄 이유가 없잖아요?"

"아니죠. 그건 아니죠."

슌타는 기가 차서 웃었다.

"당연히 싫지 않겠어요? 앞으로 밥을 몇 번 더 먹을 수 있다든가, 그런 생각을 하면서 먹으면 밥이 맛이 있겠어요? 괴롭기만 하지 않겠어요? 난 그러긴 싫어요."

"괴로운지 어떤지는 모르지만 그게 현실이에요."

키리코는 난감한 듯이 웃었다.

"아니, 그러니까. 현실이 그래도 보고 싶지 않은 것도 있다는 말이에요."

"아아, 그렇군요."

키리코는 그제야 비로소 이해가 된 듯했다.

"알겠어요. 슌타 씨는 현실을 못 본 척하고 싶은 거군요. 그렇구나. 그 점이 저와 다르군요. 알겠어요. 이해했어요."

깨달음을 얻었다는 듯이 고개를 끄덕끄덕했다. 진구지는 속이 바짝바짝 탔다. 키리코는 순수하게 이야기하고 있을 뿐이지만 이래서는 거의 비꼬는 수준이다.

"아, 그러세요?"

슌타는 조금 언짢아 보였다. 미간에 주름을 잡고 팔짱을 끼고 있었다. 그래도 딱히 주먹질로는 번지지 않았다.

"……그럼 선생님, 슬슬 가 볼게요."

그렇게 말하고 슌타는 일어났다.

"네. 몸조심하세요."

가볍게 인사하는 슌타에게 키리코는 온화한 표정으로 말했다.

"우린 앞으로 몇 번이나 더 대화할 수 있을까요?"

선생님, 쓸데없는 말은 덧붙이지 마세요. 진구지가 키리코를 노려보았다.

슌타는 쓴웃음만 지어 보일 뿐이었다.

"키리코 선생님도 참 심술궂네요. 이상한 논리로 사람을 농락하다니."

슌타가 돌아간 뒤 진구지가 첫 차트를 파일에 정리하며 말했다.

"딱히 농락하지 않았어. 생각한 대로 말했을 뿐이지."

"그래도 슌타 씨가 난감해하셨잖아요."

"그래? 몰랐어. 아, 문진표 한 번 더 줘 봐."

파일을 건네자 키리코는 그것을 살펴보며 나직하게 중얼거렸다.

"……음. 정보가 부족해."

"그 사람은 어떤 사람일까요? 진찰도 받지 않고 진단서만 써 달라니, 무슨 나쁜 짓이라도 꾸미는 걸까요?"

키리코가 파일을 탁 덮는 소리가 났다.

"그럴지도 모르고 그렇지 않을지도 모르지. 그래도 뭔가 숨기는 느낌은 들어. 그런 냄새가 났어."

키리코가 한 말은 진구지도 직감적으로 이해했다. 이 경우 냄새는 비유가 아니라 말 그대로 후각이다.

병에 따라 체취에 미묘한 변화가 발생하는 사람이 많다. 그것이 진단의 근거가 될 만큼 확실한 것은 아니지만 경험을 통해 낌새 정도는 감지할 수 있게 된다. 거동이 수상할 뿐만 아니라, 미조구치 슌타에게서는 어쩐지 환자 냄새가 났다.

"만일을 위해 큰 병원에서 혈액검사를 받아 보는 게 좋을지도 몰라. 본인에게 치료할 마음이 있다면 말이지만."

"키리코 선생님, 그럼 왜 그 얘길 안 해 주셨어요?"

"무서운 건 싫다고 했으니까. 진찰도 바라지 않았고. 그 사람이 원하는 대로 해 주고 싶었어."

키리코는 은색 선반에 파일을 정리했다.

"무슨 말기 암 선고도 아니잖아요. 내버려 두면 위험한 병일 가능성도 있으니까 혈액검사를 받아 보라고 말해 주길 망설일 필요가 있을까요?"

"QOL이라는 말도 있잖아."

"누가 그걸 모를 줄 알아요?"

QOL──Quality Of LIfe(삶의 질). 의료는 행복을 최대화하기 위한 것이어야 한다는 인식에서 사용하는 말이다.

"두려움에 떨게 해서 그 사람이 불행해진다면, 다시 말해 그의 QOL이 떨어진다면 알려 줄 필요가 없어."

"QOL을 그렇게까지 확대해석하다니 누가 사신 아니랄까 봐. 나중에 손쓰지 못할 만큼 악화돼서 죽어도 상관없다는 말인가요?"

"그 사람이 그런 죽음을 바란다면 그렇지."

진구지는 말없이 키리코를 관찰했다. 그 목소리에서 희미한 떨림을 감지했기 때문이다.

"……키리코 선생님. 망설이고 계세요?"

"응? 아니, 지금은 더 이상 망설이지 않아."

"조금 전까지는 망설이셨다는 거예요?"

"뭐…… 조금. 억지로라도 진찰을 할까 하고 잠깐 생각했어."

"키리코 선생님답지 않으시네요. 평소에는 훨씬 더 독단적이시잖아요."

"나도 망설일 때는 망설인다고."

키리코는 주전자에 물을 받아 버너에 올렸다.

"그러고 보니 그 녀석도 그랬지. 환자와 같이 방황하는 것도 중요하다고."

"혹시 오토야마 선생님이요?"

키리코는 입을 다문 채 대답하지 않았지만 틀림없이 그럴 것이다. 그의 등이 그렇게 말하고 있었다. 주전자에서 쉭쉭 뿜어져 나오는 수증기 안에서, 진구지는 그 내과의사의 얼굴을 떠올렸다. 키리코의 의료에 자신의 몸을 내던진 남자. 친구에게 뜻을 맡기고 눈을 감은 남자다.

앙상하게 마를 때까지 곁에 있었는데, 기억 속에서 그는 여전히 투실투실한 얼굴로 웃고 있었다.

미조구치 슌타는 키리코 의원을 나와 계단을 내려간 뒤에야 주저앉았다. 어쩐지 맥이 탁 풀려서 조금 쉬었더니 그대로 움직일 수가 없었다.

상가빌딩 현관은 어둑했다. 빌딩 우편함에는 전단지가 어지럽게 튀어나와 있고, 청소하는 사람도 없는지 바닥도 지저분하게 어질러져 있었다. 금이 간 콘크리트 위로는 흙이 쌓여 있었다.

휴우 하고 한숨을 푹 내쉬었다.

그 의사가 한 말이 마음을 묵직하게 짓눌렀다.

현실을 못 본 척하고 싶은 거라니.

그러니까 다시 말하면 도피하고 있다는 뜻이겠지.

슌타는 검은 운동복 소매를 살짝 올려 보았다. 손목에서 팔꿈치 쪽으로 몇 센티미터 올라간 위치에 검붉은 얼룩이 생겼다. 반점 모양으로, 반점 중 몇 개는 조금씩 커지더니 서로 이어져 아메바 같은 모양을 하고 있었다. 살짝 부풀어 올랐고, 열이 났다. 통증은 없었지만 윗입술에 생긴 건포도 모양의 불룩한 혹과 비슷했다. 슌타는 멍이라고 생각하기로 했지만 이런 멍이 든 적은 지금까지 한 번도 없었다.

슌타는 부르르 떨고는 소매를 내려 시야에서 그 반점을 지웠다.

안다.

슌타는 혼자 마음속으로 중얼거렸다.

자신이 도망 다니고 있다는 것쯤은 안다. 제대로 진찰을 받을 용기도 없고, 그렇다고 웃어넘길 배짱도 없다. 이도 저도 아닌 어중간한 인간인 줄은 잘 안다. 알지만, 그래도 변할 수가 없다.

옛날부터 늘 그랬다.

시험을 보고 점수가 안 좋으면 쓰레기통에 던져 넣었다. 하지만 그래서는 안 된다. 점수를 올리고 싶으면 반성하고 공부하는 수밖에 없다. 눈앞에서 안 보이게 치워 봐야 다음에도 안 좋은 점수를 받을 뿐이다.

하지만 어쩔 수가 없잖아. 무서우니까.

──슌타는 겁쟁이야.

미호도 그렇게 말했다.

──정신 차리고 잘 좀 해 봐.

나 역시 바뀔 수 있다면 바꾸고 싶다고.

슌타는 쪼그린 무릎을 가슴에 끌어 붙인 채 머리를 쥐어뜯었다. 손에 헤어왁스가 묻으면서 손가락끼리 들러붙을 것 같았다. 회색 벽을 멀뚱히 보았다. 의도적으로 눈의 초점을 흐리며 멍하니 보았다. 옛날부터 곧잘 하는 버릇이었다. 이렇게 하면 마치 자신이 반투명한 막에 감싸여 있는 기분이 들면서 마음이 가라앉았다. 외부 세계로부터 슌타를 지켜 주는 다정한 막이다.

회색 벽에 달팽이가 한 마리 달라붙어 있었다. 나선 껍데기를 힘겹게 짊어지고 불안스럽게 움직이는 더듬이가 이쪽의 상황을 살피고 있었다.

옛날에는 달팽이 같다며 곧잘 놀림을 받았지.

달리기가 느려서 그런 것뿐만 아니라 무슨 일에서건 판단력이 둔했다. 피구를 할 때도 공이 나한테 오면 어떻게 해야 좋을지 몰랐고, 술래잡기를 할 때도 두 사람이 갑자기 앞에 나타나면 어느 쪽을 쫓아가야 할지 몰라서 머뭇거리다 결국 둘 다 놓치고 말았다. 느릿느릿 기어가는 달팽이 자체였다.

웃기지 마.

슌타는 달팽이를 노려보며 일어섰다. 콘크리트 바닥이 쓸리면서 희미한 소리가 났다.

나는 이렇게 느려터진 생물이 아니야. 달팽이 따위는 딱 질색이야. 좀 더 강하고 멋진, 사자나 호랑이 같은 사람이 되고 싶었다. 달팽이 따위는 짓밟는 쪽에서 살 것이다.

벽으로 가만히 다가갔다. 달팽이는 슌타가 다가온 것을 아는지 모르는지 느릿느릿 기어가고 있었다. 처량할 만큼 약해빠진 모습이었다. 슌타는 팔을 들어 올려 달팽이 쪽으로 손가락을 내밀었다. 놈은 저항다운 저항도 해 보지 못하고 붙잡혔다. 슌타는 필사적으로 껍데기 안으로 숨는 꼴사나운 벌레를 물끄러미 보았다.

그리고 빌딩 옆에 있는 화단에 가만히 내려놓았다.

슌타는 발소리를 죽이며 몇 걸음 물러나 다시 빌딩 입구에 앉았다. 달팽이는 껍데기 속에 틀어박힌 채 꿈쩍도 하지 않았다.

나는 지금까지 열심히 노력해 왔다고 생각했다.

후루야 씨처럼 타고난 육식동물이라면 좋았겠지만 나 같은 인간은 열심히 노력해야 했다. 외모와 말투를 바꾸고, 어울려 다닐 친구를 고르고, 때로는 무리해 가며 유흥업소에도 다녔다. 쉽지는 않았지만 효과는 있었다.

먼저 나를 괴롭히는 사람이 줄었다. 어른들조차도 눈길을 피하며 길을 비켜 주게 되었다. 여자들한테 인기도 생겼다. 물론 가장 예쁜 애들은 후루야 씨네 쪽으로 갔지만 남은 애들이 말을 걸어 주었다. 그렇게 해서 데이트로 이어간 적도 있었다.

아르바이트하는 곳에서도 인정을 받고 열심히 일했다. 새로 들어온 미호가 언제부턴가 자신과 같은 근무 시간대를 골라서 나온다는 느낌이 들었을 때는 싱글벙글해서 웃음이 멈추지 않았다.

망설이면서도 직접 확인했을 때 미호의 표정을 잊을 수 없었다. 미호는 장난스럽게 웃으면서도 얼굴을 발갛게 물들였다.

"미호, 혹시 나 좋아해?"

"그렇다면 어쩔 건데요?"

"사…… 사귈까?"

"그럴까요?"

생긋 웃는 미호의 하얀 이가 참을 수 없이 귀여웠다. 나는 노력한 끝에 미호를 쟁취했다. 그동안의 노력이 보상 받았다고 생각한 순간이었다.

그런데 지금은 어떤가.

혼자서 회색 빌딩 앞에 주저앉아 있고, 곁에는 이 녀석밖에 없다.

슌타가 곁눈으로 보자, 달팽이는 마침내 주변을 경계하면서도 더듬이를 내밀었다. 긴 시간에 걸쳐 자신의 껍데기에서 나와 끈적끈적하고 이상한 액체를 남기며 기어가기 시작했다.

결국 나는 여전히 나약한 그대로였다. 완전히 사자가 되었다고 생각했는데, 고작해야 껍데기를 필사적으로 치장하고 있었을 뿐 알맹이는 여전히 달팽이였다. 병에 대해 생각만 해도 몸이 와들와들 떨리는 겁쟁이다. 미호도 내 정체를 간파했기 때문에 떠났을 것이다.

하지만 말이야.

슌타는 고개를 숙였고, 시야가 일그러지는 것을 느꼈다.

그럼 어떻게 하면 되는데. 어쩌란 거야.

그래, 강한 놈들은 좋겠지. 어떤 현실 앞에서도 주눅 들지 않는, 그런 놈들은 더 바랄 게 없을 거야. 하지만 나 같은 놈은, 달팽이로 태어난 놈은 이 이상 뭘 어쩌란 거야.

"너도 아주 느려터졌지만."

한심하다고 생각하면서도 슌타는 달팽이에게 말을 걸었다.

"지금 전속력으로 달리는 거잖아?"

달팽이가 대답할 리는 없다. 대신 여전히 몸을 꿈틀꿈틀 움직이며 녹색 이파리 위를 기어가고 있었다.

뭐든지 잘 먹고 불평은 하지 않는다. 맛의 차이를 모르지는 않았지만 집착하지는 않았다. 좋아하는 음식을 굳이 꼽자면 고기지만, 그것도 구워져 있기만 하면 뭐든 상관없었다.

그런 후쿠하라 마사카즈가 유일하게 '딱 적당하다'고 생각하는 곳이 이 바였다. 주택가 한쪽에 있어서 모르는 사람은 찾아오기도 힘든 위치. 충분히 조용하지만 멀리서 희미하게 들려오는 전철의 진동. 간접조명은 너무 화려하지도 않고 너무 촌스럽지 않아서, 초로의 바텐더가 배경에 녹아들어 있는 것처럼 보였다. 비교적 높고 딱딱한 의자도 딱 적당했다. 말하자면 한때 머물다 가는 곳으로써 후쿠하라와 몸과 오감에 적절한 자극을 주었다.

그래서 가게 안에 아는 얼굴이 보여도 후쿠하라는 좋아하는 자리……, 카운터 끝에서 두 번째 자리로 똑바로 가서 앉았다. 이 지정석에서 움직일 마음은 없었고, 이 자리가 비어 있지 않으면 돌아갔다.

"위스키."

말없이 인사하는 바텐더에게 오늘은 주문을 덧붙였다.

"독한 놈으로 부탁해. 라프로익 말고."

라가불린이라고 적힌 병을 꺼내는 바텐더의 등을 일부러 초점을 흐린 눈으로 좇으며 가슴 호주머니의 담뱃갑에 손을 댔다. 갑자기 피우면 재미가 없으니 손톱 끝으로 두 번 두드렸다가 다시 손을 뗐다. 진구지 치카가 말을 걸어온 것은 그때였다.

"너무하시네요, 후쿠하라 선생님. 무시하시는 거예요? 내가 안쪽에 앉아 있는 거 봤잖아요?"

"그래."

"그래, 하고 끝낼 일이에요? 옆에 앉을게요."

"그래."

마음대로 해. 나도 마음대로 할 테니까.

옆에 온 진구지가 마티니를 흘릴 뻔하며 카운터에 내려놓는 것을 멍하니 보았다. 얼굴이 조금 야윈 듯했다.

"넌 지금은 어디서 일하지?"

"쫓아낸 사람이 그것도 몰라요?"

"내가 쫓아내지 않았어. 아버지가 그랬지."

"좀 더 관심을 가져 봐요. 키리코 의원이에요."

"키리코 의원?"

"키리코 선생님이 여신 진료소예요."

"……개업했다고? 녀석한테 그런 돈이 있었어?"

"인가도 못 받았고, 설비도 최소한밖에 없어요. 원내에 멸균기조차도 없다니까요."

후쿠하라는 입을 떡 벌렸다가 한숨을 내쉬었다. 그쯤 되면 개업이 아니라 사회 실험이다.

"환자는, 아무도 안 오지?"

"지금으로서는 한 사람뿐이에요. 진료비로 100엔 놓고 갔어요."

"너도 용케 그런 델 따라갔구나."

"누가 아니래요. 하지만 후쿠하라 선생님도 비슷한 처지 아니에요? 병원에서는 바늘방석이죠? 어쨌든 왕을 적으로 돌리고 말았으니까요."

진구지가 한쪽 눈썹을 추켜올렸다.

"하긴, 그렇지."

"요즘은 뭐 해요?"

"HIV 양성 환자를 치료하고 있어."

"네? 후쿠하라 선생님이 성감염증 환자를요?"

"경과는 순조로워. 무사히 장애인 수첩도 나왔고 바이러스양도 줄어들고 있어. CD4 수치도 회복됐고. 뭐, 가끔은 이런 일도 공부가 되니 좋아……."

용케 참으시네요, 하고 어이없다는 목소리가 들려왔다.

대답하지 않고 위스키 잔을 입으로 가져갔다. 진한 피트향이 감돌며 꽃밭에 뛰어든 기분이 들었다. 화단에 줄지어진 꽃은 아니다. 꽃가루의 기운과, 줄기의 풋내. 빛을 서로 **빼앗는**, 본래는 사나운 생물인 들꽃들의 야성미 넘치는 조화다. 아득히 먼 스코틀랜드의 작은 만에서, 묵직하게 짓누르는 듯한 높은 습도 속에서 익은 장기 숙성주는 혀를 그슬리는 듯했다. 술의 은근한 자기 주장에 자신을 겹쳐보며 후쿠하라는 중얼거렸다.

"어차피 아버지는 금방 돌아가실 거야. 그때까지만 참으면 돼."

"기다릴 수 있어요?"

"당연하지. 그러면 다음 왕은 나야."

실제로 낙관적으로 보고 있었다. 확실히 수술과 업무를 몰수당하고 이름뿐인 부원장으로 방치되어 부아가 치밀지만, 그뿐이다. 그런 일로 백기를 들 정도의 값싼 자존심 때문에 의사를 하는 것은 아니다.

"역시 터프하네요."

"결국 아무리 발버둥 치든 내가 그 인간의 아들이라는 사실은 바꿀 수 없으니까."

장례식 상주도, 집과 무덤을 지킬 사람도 나 외에는 없다. 그 인간이 인생의 뒤치다꺼리를 맡길 수 있는 사람은 나뿐이다.

"지금 원장을 떠받드는 어중이떠중이들은 원장이 죽으면 단숨에 구심점을 잃을 거야. 새로운 중심을 찾아 흐느적흐느적 헤맨

끝에 반드시 날 필요로 하게 되어 있어. 나한테는 실력도, 집안도, 카리스마도 있으니까."

후쿠하라는 허세 없이 단언했다.

"원장님이 부모로서 후쿠하라 선생님을 묶어 두고 있는 것처럼, 후쿠하라 선생님도 자식으로서 원장님을 묶어 두고 있다는 뜻이에요?"

"그 인간이 아무리 날 싫어하고 밀어내려고 해도 피가 그걸 용납하지 않아. 아무리 실망하고 혐오하더라도 내 안에는 그 인간이 있어."

후쿠하라에게 혈연이라는 사슬은 신뢰할 만한 것이었다. 실제로 지금까지 살아오면서 후쿠하라는 아버지의 존재를 지우고 싶다고 수도 없이 생각했다. 그런 인간은 아버지가 아니다. 아버지라고 인정할 수 없었다.

하지만 그렇게 생각하면 할수록, 어딜 가든, 누구와 이야기를 하든 그림자처럼 따라다녔다. 시치주지 병원장의 아들──사람들은 후쿠하라의 등 뒤에서 아버지를 보고 있었다.

그렇다면 이용하면 그만이다. 후쿠하라가 아버지의 그림자로부터 벗어날 수 없었던 것처럼, 아버지 역시 후쿠하라가 그림자를 이용하지 못하도록 막을 방도는 없다.

"남자들 세계의 이야기는 잘 이해가 안 되지만, 뭐, 부자간의 싸움은 알아서 하세요. 나랑은 상관없으니까."

진구지는 눈을 감고 한숨을 내쉬었다.

후쿠하라는 그럴 거야, 라고만 대답하고 위스키를 홀짝였다.

원래부터 이 싸움은 아버지와 나의 싸움이다. 다른 사람이 끼어들 여지는 없다.

"아 참, 후쿠하라 선생님. 한 가지 물어봐도 돼요?"

"뭔데?"

"병원을 무서워하는 환자를 어떻게 생각하세요?"

"뭐? 대부분의 환자가 그렇잖아. 오히려 좋아하는 사람이 드물지."

"안 좋은 결과가 나올까 봐 무서워서 건강검진도 받으러 안 오는 사람들 말이에요."

"현실에서 달아나려고 하는 사람들 말이군."

후쿠하라는 코웃음을 치며 곁들여 나온 말고기 육포로 손을 뻗었다.

"그, 키리코 의원에 100엔 내고 간 사람이 그런 사람이야?"

"맞아요."

"개인적으로는 질색이야."

카운터의 공기가 무겁게 얼어붙었다.

"살아가는 것 자체가 본래 투쟁이야. 싸울 의지도 없이 단지 주어진 삶을 멍청하게, 혹은 도망치면서 살아가는 녀석은 살아갈 가치가 없어."

후쿠하라의 뇌리에 그림자가 어른거렸다.

살고 싶다. 그렇게 말한 수많은 환자들. 수술에 대한 공포와 맞서 싸운 초등학생. 리스크를 충분히 인지하고도 골수이식을 받은 남자. 항암제 부작용과 싸운 노인. 모두가 보상을 받지는 못했다. 열심히 싸웠지만 패배한 사람들도 있었다. 몇 명이든, 수도 없이 보았다. 그렇기 때문에 후쿠하라는 싸우지도 않고 자신의 불행을 한탄하는 사람을 좋아할 수 없었다.

"그런 사람은 삶을 맛볼 자격이 없어. 승리는 물론이고 패배조차도 얻을 권리가 없어. 그런 놈은 살아 있지 않아. 죽지 못했을 뿐이지."

승리한 사람의 얼굴은 똑똑히 기억한다. 가족과 친구에게 둘러싸여 눈부신 미소를 짓고 있기 마련이다.

패배한 사람의 얼굴도 역시 기억한다. 인상적인 부분은 눈이다. 무언가를 맡긴다는 눈으로, 받아들인 눈으로, 공허한 눈으로…… 저마다의 눈으로 말없이 이쪽을 보고 있다. 먼저 떠날 각오, 미련, 말로는 형용할 수 없는 온갖 감정이 그 눈에 깃들어 있다.

그들은 모두 살았던 사람들이다. 표현이 이상하지만, 죽을 만큼 살아 있었다.

"말이 심하시네요. 그럼 싸울 생각이 없는 사람은 그대로 처참하게 죽어도 된다는 말이에요? 병원은 싸울 의지가 있는 환자를 치료하는 데만도 바쁘다고요?"

"그래. 깨끗하게 나가 죽는 게 상책이지."

"깨끗하게요?"

"남한테 피해를 주지 말라는 뜻이야. HIV를 퍼뜨리고 다니는 환자는 최악이야. 치료하면 그만인데 하지도 않고. 남이야 어떻게 되든 알 바 아니라며 콘돔도 없이 아무하고나 섹스를 하고 다니지. 자기 병은 물론이고 남의 미래도 똑바로 마주 보려고 하지 않아. 쓰레기 같은 놈이야."

하다못해 혼자 죽으면 그만인 것을. 후쿠하라는 경멸이 가득 담긴 목소리로 내뱉었다.

"후쿠하라 선생님은 환자에게 엄격하시네요."

"쓰레기한테는 그렇지. 살아갈 마음이 없는 녀석은 빨리 죽으면 좋겠다고 진심으로 생각해."

찰칵, 소리를 내며 후쿠하라는 라이터를 켰다. 담배 연기가 두 사람 앞을 흘렀다.

"그래요? 후쿠하라 선생님이 죽었으면 좋겠다고 생각하는 사람은 비율이 어느 정도나 돼요?"

"……몰라. 의외로 별로 없어. 직접 만난 적은 한 번도 없으니까."

"네?"

"뭐, 그런 녀석은 나와 만날 운명이 아닌지도 모르지만."

재떨이에 담배를 두드리고 다시 입으로 가져갔다.

"도망칠 구석만 찾는 사람이라도 마음속으로는 싸우고 싶다고 생각하거든. 작을지도 모르고 약할지도 모르지만 용기는 누구나 반드시 가지고 있어. 그러니 그걸 찾아서 내가 등을 살짝 밀어 주면, 기운을 북돋아 주면 용기를 짜내서 싸우려고 하기 마련이야."

"……그렇군요. 그럼 결국 후쿠하라 선생님이 그 사람들의 힘이 되어주는 건가요?"

"싸울 마음이 있는 환자는 그게 누구든 최선을 다해 돕지. 그게 내 일이야."

"개인적으로는 싫다고 하면서 최선을 다해 돕는다고요? 후쿠하라 선생님은 다정한 건지 엄격한 건지 모르겠다니까요. 키리코 선생님은 전혀 다른 말씀을 하셨어요."

"이봐, 녀석과 날 비교하지 마."

"키리코 선생님은 환자가 처량하게 죽기를 바란다면 하고 싶은 대로 하게 둬야 한대요. 그것도 상대의 삶을 존중하는 한 방법이라고. 그분 안에는 승리도 패배도 없는지도 몰라요."

역겹다. 후쿠하라는 얼굴을 찡그렸다.

"여전히 정신 못 차리는군. 그건 포기하는 데 가담하는 것일 뿐이야. 악질이야. 싸워 보기도 전에 지게 만들다니."

"한 가지 더 물어봐도 돼요?"

"뭐야. 또 있어?"

"오토야마 선생님은 어느 쪽이에요? 그분은 병을 이기셨나요, 아니면 지셨나요?"

불쾌한 질문을 하는 여자다.

암에 걸렸으면서 암 치료를 목표로 하지 않고 단지 말을 할 수 있는 능력을 유지하기 위한 수술을 원하다니, 후쿠하라의 신조에 반하는 일이었다. 하지만 그때는 오로지 친구를 위해, 오토야마라는 인간을 위해 후쿠하라는 메스를 들었다. 그것이 옳았는지 잘못이었는지, 승리라고 불러도 되는지 아니면 패배라고 불러야 하는지는, 여전히 해답을 찾지 못했다.

내 안에 숨어 있는 나약함인지, 아니면 완고함인지.' 아무튼 오토야마는 무언가를 분명하게 부각시키고 떠나갔다. 녀석을 생각할 때마다 나 자신과 마주 서는 기분이 든다.

손바닥으로 얼굴을 감싸고 어둠 속에서 후쿠하라는 잠시 동안 침묵했다.

기억 속에서 떠오르는 오토야마의 얼굴은 언제나 똑같다. 미소를 짓고 있으면서——무언가를 맡기는 눈으로 이쪽을 보고 있다.

"……안녕하세요."

슌타가 평소처럼 뒷문을 통해 바로 들어와 탈의실 겸 휴게실로 향하자 후루야가 의자에 앉아서 기다리고 있었다.

"어, 왔냐?"

"……왜요?"

슌타가 무심코 뒷걸음질을 쳐도 이상할 게 없었다. 후루야의 눈이 번득번득 빛나고, 평소와는 명백하게 분위기가 달랐다. 그가 미소를 머금은 채 슌타를 향해 성큼성큼 다가왔다. 등 뒤에서 다른 남자가 문을 닫았다.

"손가락 내밀어."

고압적인 목소리였다. 당황해서 쩔쩔매고 있는데 거칠게 팔을 붙잡았다.

"왜 그래요? 이거 놔요."

"시끄러워. 넌 내가 물로 보이냐?"

후루야는 라텍스 장갑을 이중으로 끼고 있었다. 저항했지만 둘이서 붙잡아 제압했다.

"진단서를 안 써주기는 개뿔. 그럴 리가 있겠냐. 너, 병원 안 갔지?"

"갔어요! 진짜 갔다 왔다니까요!"

애초에 말을 들어 줄 마음은 없어 보였다.

"어디 보자, 이건가?"

부르짖는 슌타는 거들떠보지도 않고 후루야는 혼잣말을 하면서 앞에 놓인 상자에서 포장해서 파는 초밥에 곁들어져 있는 간장통 같은 기구를 꺼냈다. 슌타는 눈이 휘둥그레졌다.

저 상자는 본 적이 있다. 미호가 놓고 간 HIV 검사 키트다.

"이걸 손가락에 대면 바늘이 나온다고?"

"하, 하지 마! 하지 마요!"

슌타는 소리쳤지만 후루야는 일말의 망설임도 없이 꽉 잡아 누른 슌타의 엄지손가락에 스포이트 모양의 기구를 눌렀다. 핑크색 끄트머리에서 나는 딸깍 하는 소리와 동시에 날카로운 통증이 전해졌다.

"아야……."

내려다보니 엄지손가락 끝에 큼직한 핏방울이 불룩하게 매달려 있었다.

"야."

후루야가 턱짓으로 가리키자 또 한 남자가 달려왔다. 그 사람도 양손에 라텍스 장갑을 끼고 있었다. 마치 슌타를 병원균처럼 취급했다. 남자는 검사 시트라고 적힌 하얀 종이를 꺼내 핏방울에 대더니 비닐봉투에 신중하게 넣었다.

"이걸 보내면 1주일 뒤에 결과가 나온댔지? 됐어. 슌타, 넌 이제 돌아가."

"네?"

"결과가 나올 때까지 안 나와도 돼. 1주일 동안의 급여와 검사 키트 값은 이쪽에서 뺴 둘 테니까. 자, 이거나 붙여 둬."

후루야는 마치 쓰레기를 버리듯이 슌타의 옆에 반창고를 획 던졌다.

"아니, 하지만 난……."

"꺼지란 말 안 들려?!"

옆에서 남자가 버럭 소리를 질렀다. 본 적이 있는 얼굴이었다. 후루야가 양아치였을 때의 친구일 것이다.

"그러면 전 어떡하라고요? 생활비가……."

"내 알 바 아냐. 아, 자꾸 여기저기 만지지 마라. 바이러스가 옮으면 손해배상 청구할 거니까. 얼른 가."

"뭐 해, 빨리 안 꺼져?"

벌레 취급이나 마찬가지였다. 후루야와 남자는 슌타를 손으로 밀지조차 않았다. 빗자루와 화장실 청소용 압축기로 엉덩이와 등을 번갈아 때리며 슌타를 바에서 쫓아냈다.

빌어먹을.

슌타는 문을 향해 욕설을 퍼부었지만 어떻게 해 볼 방법도 없이 왔던 길을 터벅터벅 되돌아 집으로 돌아갔다.

"미호, 얘기 좀 하자."

집으로 돌아오자 드물게 아버지가 먼저 돌아와 있었고, 어머니도 "왔니?"라는 인사도 생략하고 이미 뜯어서 읽은 흔적이 있는 편지를 내밀었다. 그럭저럭 기대해 볼 만한 면접을 보고 난 여운이 단숨에 날아갔다.

"……뭔데?"

"이거부터 좀 봐라."

내민 봉투를 받아들어 뒷면을 보고 흠칫 숨을 삼켰다.

"슌타……."

발신인은 미조구치 슌타였다. 그 사람다운 지저분하고 동글동글한 글씨로, 예전에 같이 살던 집 주소가 적혀 있었다.

"너, 그 사람이랑 헤어진 거 아니었니?"

"헤어졌어."

"그러면 안 되는 줄은 알지만 뜯어서 읽어 봤다."

아빠가 들어 보인 편지지는 거의 메모장 같은 종이였다.

"아무래도 뭔가 착각하고 있는 모양이더구나. 네가 어떤 형태로 그 사람한테 이별을 고했는지는 모르지만 이상한 기대를 품게 만들면 안 돼."

"그, 그러지 않았어. 연락조차 한 적 없는걸."

아빠 뒤에서는 엄마가 걱정스럽게 이쪽을 보고 있었다.

"그러냐……."

"한 번 더 분명하게 말할까? 우리 집에 편지 같은 것도 보내지 말라고."

"아니, 그럴 필요는 없다. 연락했다가 괜히 더 오해가 커질지도 모르니까. 무시해."

"……알았어."

아빠에게서 편지를 받아들고 멍하니 보았다.

"미호, 어려운 일 있으면 꼭 말하고. 아빠랑 엄마는 언제나 네 편이니까."

"응. 고마워."

구두를 벗고 복도로 들어갔다. 저녁 준비 다 됐다고 하는 엄마에게 나중에 먹겠다고 대답하고 말없이 계단을 올라갔다. 자기 방으로 들어가 재킷을 옷걸이에 걸고 침대 위로 몸을 던졌다.

펼친 편지지에는 슌타의 동글동글한 글씨가 줄지어 있었다. 오랜만에 그의 글씨를 보았다. 여전히 여자 같은 글씨였다. 본인은 남자답게 행동하고 싶은 듯했지만 이런 반전 매력이 여기저기서 드러나는 사람이었다.

선술집 로고가 큼직하게 프린트된 앞치마를 두르고 전표에 글자를 적던 슌타의 모습이 머릿속에 떠올랐다. 남자 선배 앞에서는 비위를 잘 맞추고 여자 앞에서는 멋있는 척 했다.

내가 청소할 때도 몇 번인가 도와줬었지.

슌타는 좋아하는 타입의 여자가 청소할 때만 도와준다. 아르바이트 하는 애들 중에서는 유명한 이야기였다. 그래서 그 사람과 사귀려고 결심했을 때는 같이 아르바이트하는 친구들도 다들 걱정했었다. 겉과 속이 다른 남자니까 조심하라고 했다. 다른 남자애는 나도 미호가 청소할 때 도와줬는데 저런 양아치 같은 녀석을 선택하느냐고 따지기도 했다.

하지만 나는 딱히 청소 때문에 좋아진 것은 아니었다.

"이 녀석들도 나름 열심히 살아가고 있으니까 그런 식으로 괴롭히지 마."

지금도 슌타가 했던 그 말을 선명하게 기억한다.

통풍이 잘 되지 않고 지저분한 그릇들이 잔뜩 쌓인 개수대에는 달팽이가 수시로 나타났다. 검은 곰팡이로 뒤덮인 벽을 꾸물꾸물 기어가는 달팽이는 너무나 불결해서, 여자들은 빗자루로 털어서 쫓아냈고 남자들은 밟아서 껍데기를 깨며 놀았다. 그 광경에 마음 한곳이 저릿하게 아픈 것을 느끼면서도 미호는 그저 방관만 하고 있었다.

하지만 유일하게 슌타만은 달팽이를 조심스럽게 집어 바깥의 수국 위에 올려 주었다.

"슌타, 너 벌레 좋아하냐? 기분 나쁘지 않아?"

"딱히 좋아하진 않지만 짓이겨 봐야 청소만 더 번거로워질 뿐이잖아."

"잠깐, 슌타, 손 씻고 전표 만져."

"나도 알아."

누가 뭐라고 하든, 혹은 아무도 보고 있지 않더라도 슌타는 반드시 그렇게 했다. 그리고 이따금 작은 창문으로 달팽이가 기어가는 모습을 다정한 눈으로 지켜보았다.

그런 점이 괜찮다고 생각했다. 외모만 보면 착각하기 쉽지만 사실은 온화하고 다정한 사람이라고 생각했다. 정신을 차리고 보니 어느새 그에게 자꾸 눈이 갔다.

어쩌면 나쁜 사람이 조금 착한 일을 하면 몇 배나 매력적으로 느껴지는 전형적인 사례였는지도 모르겠다. 하아, 하고 한숨을 내쉬고 편지를 읽었다.

미호에게

이제 그만 삐치고 돌아와. 나도 이제는 화 안 났어. 진짜야. 게다가 난 제법 인기도 있다고. 이대로 두면 금방 새 여자 친구가 생길 텐데 그래도 괜찮아? 너만 원하면 난 화해할 생각이야. 다음 휴가 때 온천 여행이라도 갈래? 기분 전환도 할 겸, 다시 한 번 사귀기 시작했을 무렵의 감정을 떠올려 보자. 그리고 미안한데, 지금은 좀 돈이 없어서 내가 예약을 못하거든. 온천 알아보는 건 미호한테 맡겨도 될까? 그럼 다시 만날 날을 기다리고 있을게.

슌타가

뭐라고 하면 좋을까. 거만한 건 그렇다 치더라도 조금 더 잘 쓸 수는 없었을까. 미호는 진저리를 내며 편지지를 둥글게 뭉쳐 방 한쪽 구석으로 던졌다. 동그란 글자들은 한 덩어리로 뭉쳐져 원통형 쓰레기통으로 떨어졌다.

천장을 멍하니 올려다보았다.

돈이 없다고 쓰여 있었다. 슌타는 곤경에 처한 걸까…….

일어나서 고개를 절레절레 가로저으며 생각을 떨쳐냈다. 안 돼. 동정하면 안 돼. 내가 다정하게 대해 주면 다시 원래대로 돌아가고 말아. 서서히 원상태로 돌아가 슌타는 지금보다 훨씬 더 자기가 잘난 줄 알 거야.

결국 나도, 최종적으로는 슌타도 불행해질 뿐이다.

미호는 음악 플레이어의 스위치를 눌러 경쾌한 제이팝(J-POP)으로 방 안을 가득 채웠다. 조금이라도 기분을 바꾸고 싶었다.

사과하면 될 텐데. 진심으로 반성하고 미안하다고 하면, 괜히 센 척하지 말고 그냥 옛날의 슌타로 돌아와 주기만 하면.

나는 당장 슌타의 곁으로 돌아갈 텐데.

흥겨운 곡조 속에서 미호는 고개를 숙이고 주먹을 꽉 쥐었다.

슬펐다.

처음 만났을 때의 슌타는 조금 더 온화하고 다정한 남자였다. 지금은 다르다. 특히 그 바에서 일하기 시작한 뒤로 점점 더 나쁜 쪽으로 변한 것 같았다.

이제 그 슌타는 돌아오지 않는구나. 이렇게까지 해도 안 된다는 건, 그런 뜻이구나.

좋아했던 슌타는 이제 어디에도 없다. 그 사실이 참을 수 없이 서글펐다.

끝났다.

슌타는 컴퓨터 앞에서 얼어붙어 있었다.

화면에는 감정 없는 활자가 나열되어 있었다. 마치 뉴스 사이트처럼 담담하고 시시하게 펼쳐져 있었다.

검사 결과 안내. 검사 항목, 에이즈 바이러스(HIV), 판정 결과, 양성(+). 감염의 우려가 있으므로 가까운 의료기관을 방문해 진찰을 받아 보세요.

몇 번을 다시 읽어 보아도 틀림이 없었다. 병기되어 있는 이름도, 생년월일도 자신의 것이었다. 미조구치 슌타. HIV 양성. 붙어 있는 두 단어가 암만 봐도 기묘한 조합으로 보였다.

"이제 안 나와도 돼. 아니, 오지 마."

후루야 씨의 문자에는 그렇게 한마디 덧붙여져 있었다.

이제 모든 게 다 끝났다…….

음산한 확신이 땅속에서 스멀스멀 기어올라 왔다. 현실감이 전혀 없었다. 대신 머릿속에서 과거의 광경이 선명하게 되살아났다. 이 감각은 전에도 느낀 적이 있다. 좌절의 기억이다.

그날, 슌타는 있는 힘껏 까치발을 들고 앞쪽의 상황을 기웃거렸다. 복도에는 교복을 입은 학생들이 북적북적 모여 있고, 게시판에는 추가 시험 결과가 붙어 있었다.

"아싸!"

"겨우 살았네!"

승리 포즈로 기뻐하는 학생들. 하이파이브를 하는 학생들. 평소에 자기보다 성적이 안 좋은 녀석도 "이번에는 위험하다고 생각했는데" 하고 싱글벙글 웃고 있었다. 그래서 마음 한편으로는 불안했지만 가벼운 마음으로 종이를 보았다.

추가 시험 합격자 명단.

이름을 순서대로 눈으로 훑었다. 위에서부터 성적순으로 정렬되어 있는지 오십음도* 순은 아니었다. 절반 정도까지 내려왔지만, 없었다. 식은땀이 흐르기 시작했다. 마지막까지 보았지만, 없었다. 못 보고 지나쳤는지도 모른다. 한 번 더 위에서부터 차례로 훑어보았다. 없었다. 선생님이 실수하신 걸까.

---

* 일본 문자의 순서. 한국의 가나다와 비슷하다.

"미조구치, 추가 시험 보느라 고생했다! 아아, 이걸로 무죄방면이구나. 햄버거 먹으러 가자."

친구가 말을 걸어왔다. 희미하게 미소를 지으며 끄덕였다. 자기 이름이 없다고는 도저히 입이 떨어지지 않았다.

패스트푸드점과 노래방을 전전한 뒤 저녁 무렵, 슌타는 혼자 학교로 돌아왔다. 어두운 복도를 지나 교무실로 가서 게시판에 이름이 없더라고 선생님에게 말했다.

"불합격이야."

선생님은 두꺼운 안경 너머에서 싸늘한 눈빛을 쏘며 말하고 다음에 부모님을 모시고 오라고 한 뒤로는 눈길도 주지 않았다.

머리가 좋은 녀석은 점수가 안 좋으면 반성하고 공부한다. 그래서 다음부터는 성적이 오른다. 나는 답안지를 계속 쓰레기통에 처박았고, 그리고…….

유급이 결정되었다.

친구와 동급생이, 모두 당연한 듯이 고등학교 2학년으로 올라가는데 자기 혼자만 그쪽으로 '갈 수 없다'. 자기는 불합격했다. 더는 같은 길을 걸을 수 없다. 친구라고 생각했던 사람들에게서 떨어져 나와 오직 혼자서 낙오한다.

그것 자체도 괴로웠고, 그것을 부모님에게 이야기하기도 괴로웠다. 이젠 고등학교 2학년인가? 하고 친척들이 물을 때마다 아니라고 하기도 괴로웠고, 학년이 달라진 친구들과 등굣길에서 얼굴을 마주하는 것도 괴로웠다. 눈이 마주쳐도 상대는 거북한 듯이, 혹은 경멸하는 듯이 눈길을 피할 뿐이었다. 새로운 동급생들은 외부인 취급을 한다. 부모님은 아들에게 패배자 낙인을 찍었고, 관계는 차갑게 얼어붙었다.

유급했어요, 하고 말할 때마다 자신에게 '불량품'이라고 꼬리표를 붙이는 기분이 들었다. 누군가를 만날 때마다 꼬리표는 점점 늘어나 두껍고 단단하게 쌓여갔다. 그것이 이제는 껍데기가 되었다. 슌타는 이윽고 자기보다도 무거워진 껍데기를 짊어진 채 꼼짝도 못하게 되었다.

그때와 똑같다. 내용과 무게는 달라도 똑같았다.

앞으로는 에이즈라는 껍데기를 짊어지고 살아야 한다.

몸이 파르르 떨렸다. 컴퓨터 앞에 앉은 채 눈물이 쏟아져 나왔다. 휘청휘청 일어났지만 다리에 힘이 들어가지 않았다. 계속되던 미열 때문일까, 충격 때문일까, 어느 쪽일까.

벽을 짚으며 세면대로 가 수도꼭지를 틀고 쏟아져 나오는 물을 보았다. 손으로 떠서 세수를 하고 거울을 보았다. 한심한 자신의 얼굴이 비쳤다.

이를 악물고 천천히 주먹을 휘두르자 세면대에 놓여 있는 물건들이 와르르 떨어졌다. 치약. 칫솔. 컵. 코털가위. 면도기. 헤어왁스. 그것들이 우당탕 소리를 내며 사방으로 쏟아졌다. 화장수 병이 욕조에 부딪치며 깨졌다. 아로마 향기가 가득 퍼졌다.

이런 것은 이미 아무런 의미도 없다.

깨져서 절반만 남은 병을 걷어찼다.

나는 죽는다. 앞으로 얼마 살지 못한다. 미용실에 가건, 염색을 하건, 왁스를 바르건 아무런 소용이 없다.

내 인생은 대체 뭐였을까? 이런 곳에서 혼자 죽고, 그걸로 끝인 거야?

유리 조각에 베였는지 복사뼈 위쪽에서 피가 났다. 이 피에 에이즈 바이러스가 섞여 있다고 생각하자 지독히 끔찍하게 느껴져서 구역질이 올라왔다. 변기 앞에서 몇 번이나 헛구역질하고 입가를 닦았다.

내 주변에는 아무도 없다.

부모와는 이미 오래전에 대판 싸운 뒤로 연락도 하지 않는다. 나 같은 놈은 이미 잊었을 것이다. 나보다 훨씬 잘난 형이 있으니까.

후루야 씨는 나를 단칼에 잘라냈다. 에이즈 걸린 바텐더가 만들어주는 술을 마시고 싶겠어? 얼음장 같이 차가운 말이 선명하게 되살아났다. 줄곧 같이 어울려 다녔는데, 유흥업소에 가거나 여자를 꼬실 때도 같이 다녔는데, 잔심부름이든 뭐든 다 했는데 겨우 이 정도였어? 자기를 동경해서 패션까지 따라 해 온 남자한테 어떻게 이런 짓을 할 수 있어? 해도 해도 너무하잖아.

자기가 생각해도 너무 처량해서 눈물이 뚝뚝 떨어졌다. 눈물방울은 변기 안으로 떨어지며 천천히 중심을 향해 흘러갔다.

여자 친구들도 연락이 되지 않았다. 후루야 씨에게 들은 걸까, 아니면 전부터 나 같은 놈한테는 관심이 없었던 걸까. 밑져야 본전이다 싶어 유흥업소의 리사에게까지 연락해 보았지만 메신저

어플 안에서 읽음 표기만 뜬 채 얼어붙은 것처럼 대답이 없었다.

누구에게도 의논할 수 없고, 누구에게도 기댈 수 없다. 어떻게 해야 좋을지 이 지경까지 와서도 여전히 결정을 내리지 못했다.

나에게는 아무것도 없다.

자랑할 만한 것 하나 없다. 쌓아온 것 하나도 없다. 아니다. 필사적으로 쌓아 올려 왔다고 생각했다. 하지만 안을 들여다보니 텅 비어 있었다.

슌타는 오열하다 입 안으로 밀려 올라오는 것을 토해냈다. 시큼한 위액이었다. 허억허억 하고 숨을 헐떡이며 눈을 깜빡거렸다.

미호도 떠났다.

슬픈 수준을 넘어 점점 이상해졌다.

그야 그렇겠지. 나 같은 놈 곁에 있고 싶을 리가 없지. 내가 여자라도 질색이다. 겉으로만 그럴 듯하게 꾸미고 알맹이는 전혀 없는 녀석을 누가 원하겠어.

후, 후후후. 콧김을 뿜으며 웃자 이가 딱딱 부딪쳤다.

시시해.

나도 시시하지만 이 세상도 시시해. 뭐 이런 하찮은 세상이 있어. 아무런 의미도 없다. 모든 게 다 한심하기만 하다.

일은 잘렸지만 그래서 뭐? 아무려면 어때. 어차피 죽는데 일은 해서 뭐 해. 돈을 저축해서 뭐에 쓰라고? 배가 고프네. 하지만 밥은 먹어서 뭐 해? 영양분을 섭취한들 무슨 의미가 있다고? 차라리 지금 죽는 게 편하지. 화려하게, 콰광 하고 폭발이라도 일어나서.

이게 뭐야.

너무 어이가 없고 기가 막혀서 슌타는 웃었다. 깨진 유리 조각과 어질러진 물건들 사이에서 계속 웃었다.

거실로 돌아오자 켠 채로 방치해 둔 컴퓨터에 아직 불이 들어와 있었다. 그 감정 없는 빛에 미호가 남겨두고 간 화분이 비쳤다.

관엽 식물은 완전히 시들어 끄트머리가 썩어들어 가고 있었다.

"음, 경과는 순조롭군요."

후쿠하라는 화면을 보며 마치 어린아이처럼 환하게 웃었다.

"미호 씨가 약을 잘 먹은 덕이에요. 예상한 결과이기는 하지만 이렇게 깨끗하게 바이러스가 줄어들다니 저도 정말로 기쁩니다."

"다행이다……."

미호도 안도의 한숨을 내쉬었다. 이 무렵에는 후쿠하라의 인상이 바뀌어가고 있었다. 믿음직스럽지만 엄격한 사람이라는 이미지였는데 무척 친근해졌다. 그의 강인함은 의식적으로 몸에 두르고 있는 것인지도 모른다는 생각이 들었다.

"어때요? 좋은 일자리를 구할 수 있을 것 같아요?"

"네, 덕분에요. 작은 회사지만 사무직으로 들어가기로 했어요."

"다행이네요. 만약에 상사나 사람들한테 병에 대해 설명하고 싶을 때는 절 불러 주세요."

"고맙습니다."

미호는 문득 입을 다물고, 무릎 위에서 주먹을 꽉 쥐었다. 병에 대해 설명해 주고 싶은 사람은 따로 있었다.

"다른 문제는 없고요? 무언가 걱정되는 일이라든가 불안한 점은 없으세요?"

미호는 망설였다. 이런 이야기를 의사 선생님에게 해도 될까. 자기가 직접 해결해야 할 문제가 아닐까.

"뭐든 상관없어요. 기탄없이 말씀해 주세요."

후쿠하라는 싱긋 웃으며 이쪽을 보고 있었다. 진찰할 때는 언제나 등이 조금 구부정한 것도 미호의 키에 맞추느라 그런 것이라고 요즘 들어 깨달았다. 이 선생님에게라면 말할 수 있을지도 모른다.

"전 남자 친구가……."

말을 꺼낸 순간 혀가 꼬이는 바람에 일단 입을 다물었다가 다시 열었다.

"제 전 남자 친구가 HIV에 감염되어 있을 텐데요. 그런데 아마도 병원에는 안 갔을 거예요. 한 번도요."

"그렇군요."

후쿠하라의 표정이 순간 어두워졌다.

"실례지만 전 남자 친구가 맞나요?"

"전 남친이에요. 이미 헤어졌거든요. 저기…… 그래서 저는 연락을 하고 싶지 않거든요. 하지만 HIV에 대해서 제대로 알았으면 해서…….”

스스로도 제멋대로라고 생각한다.

“미호 씨가 헤어지기 전에 HIV인 걸 알았나요?”

“네. 그 사람한테도 이야기했고, 검사 키트도 줬어요.”

“그럼 그 이상 걱정할 필요는 없지 않을까요? 미호 씨는 충분히 의무를 다하셨잖아요?”

“그건, 그렇지만…….”

“이런 질문은 실례인 줄 알지만, 다시 시작하실 생각이 있다는 말씀이신가요?”

날카로운 눈으로 보는 바람에 미호는 순간 움찔했다. 그리고 천천히 고개를 가로저었다.

“아뇨. 전 이 이상은 힘들고, 게다가 역시 저로서는 안 된다고 생각해요. 전 슌타를 오냐오냐 받아 주기만 했어요. 요즘에는 슌타가 점점 이상한 쪽으로 빠진 것도 다 제 탓이라고 생각하게 됐어요. 제가 매번 용서하니까, 몇 번이고 받아 주니까, 그래서 슌타가 착각한 거예요. 하지만 달리 어떻게 할 수도 없었어요. 우린 같이 있으면 안 되는, 같이 있으면 둘 다 망가지는 조합이었던 거예요. 그래서 이런 병에도 걸린 거고요.”

무슨 말을 하는 걸까. 이런 이야기를 의사 선생님에게 한들 무슨 소용이 있다고. 고개를 숙이는 미호에게 후쿠하라가 말했다.

“다시 시작할 생각이 없다면 딱히…….”

"하지만 슌타는 정말로 좋은 사람이에요."

미호는 고개를 들었다.

"서로 어울리지 않았을 뿐이지, 그 사람은 행복하게 살았으면 좋겠다고 지금도 여전히 생각해요. 슌타는 이대로 HIV로 세상을 떠나도 좋을 그런 사람이 아니에요."

미호는 자기가 비통한 표정을 짓고 있음을 스스로도 알았다. 후쿠하라가 이쪽을 쳐다보며 복잡한 얼굴로 고민하고 있었다.

"병원에 와서 검사를 받는, 그 첫걸음을 내딛지 않는 사람에게 저희 쪽에서 해 줄 수 있는 일은 별로 없어요."

"하지만 이대로는 슌타가……."

"알겠습니다. 도와드릴게요."

후쿠하라는 끄덕였다.

"제가 그분에게 연락을 취해 보겠습니다. 그래서 이 병에 대해 설명해 볼게요. 아, 보통 의사가 이런 일까지는 하지 않아요. 단지 제가 지금은 시간 여유가 있어서 그럴 뿐이에요."

의사의 웃는 얼굴을 보고 가슴 안쪽이 문득 누그러지며 따뜻한 온기가 퍼져 나갔다. 미호는 진심으로 안도했다. 지금까지 줄곧 그 점이 마음에 걸렸던 것이다.

"고…… 고맙습니다, 선생님."

"뭘요. 게다가 걱정거리가 있으면 좋지 않잖아요. 미호 씨도 새로운 생활을 꾸려 가기 시작했으니까요."

"네."

그렇게 대답하는 것이 고작이었다.

"이 일은 저한테 맡겨 주세요. 미호 씨는 자신의 몸만 챙기시면 돼요."

"네."

미호는 마음이 놓이는 나머지 따뜻한 무언가가 눈에서 쏟아질 것 같아서 필사적으로 참았다. 어쩌면 이렇게 상냥한 선생님이 있을까. 나도 선생님의 기대에 부응해야지.

미호는 휴대폰을 꺼내 주소록을 띄웠다. 후쿠하라는 슌타의 연락처를 메모했다. 틀리지 않았는지 서로 확인한 뒤 주소록을 닫았다. 화면이 순간 바뀌며 홈 화면으로 돌아왔다.

줄곧 마음에 박혀서 빠지지 않던 무거운 닻이 그제야 빠지며 과거라는 파도 사이로 사라지는 느낌이 들었다.

"그럼 오늘 진료는 마치겠습니다. 다음 달에 다시 오시고요. 열심히 해 봅시다. 전 언제나 미호 씨 편이에요."

평소와 마찬가지로 기운을 북돋아 주는 후쿠하라의 눈을 보았다. 반짝반짝 빛나는 눈동자다. 미호는 머리를 깊숙이 숙였다.

"네. 앞으로도 잘 부탁드립니다."

다음엔 머리를 잘라 볼까. 자연스럽게 그런 생각이 들었다.

테이블 위에 놓인 편의점 도시락에 파리가 꾀었다. 대부분 먹고 남긴 것이다. 식욕이 없었다. 패키지 너머로 반찬이 보였다. 흰살 생선 튀김, 닭고기 튀김, 고로케. 듬뿍 뿌린 마요네즈. 투명한 뚜껑은 기름기로 번들번들 빛났다. 방바닥에는 빈 맥주 캔이 굴러다니고, 아무렇게나 내던진 레토르트 파우치가 입구에서 황토색 점액을 흘리고 있었다. 싸구려 카레 냄새가 났다.

슌타는 치울 기력도 없이 방구석에서 멍하니 앉아 있었다.

현관과 바로 연결되어 있는 우편함에 종이 뭉치를 거칠게 밀어 넣는 것이 보였다. 그 밑에도 종이가 수북하게 흩어져 있었다. 아파트 전단지, 전기세나 수도세 고지서…… 출장 서비스업소 전단지. 아아, 섹스하고 싶다.

나는 여기서 아무도 모르게 죽어 가는 걸까. 아무도 나 따위는 신경 쓰지 않는다. 모두가 나를 버렸다. 나한테는 살아갈 가치가 없다는 걸까.

여전히 묵직한 몸을 끌면서 흐느적흐느적 세면대로 향했다. 슌타는 땀 냄새에 전 셔츠를 벗어 던지고 문득 거울을 보았다가 소리를 꽥 질렀다.

이게 뭐야. 대체 이게 뭐냐고.

등에 먹물을 잔뜩 뿌려 놓은 것처럼 검붉은 무늬가 퍼져 있었다. 그것은 더 이상 반점이라고 부를 수도 없었다. 오히려 정상적인 피부색이 구석으로 밀려나 있었다.

괴물.

이상한 외모에 반사적으로 혐오감이 들었다. 자신은 조금씩 인간에서 멀어지고 있다. 인간이 아닌 것과 만나면 도망치든지 싸우든지 하면 된다. 하지만 자신이 더 이상 인간이 아니라면 어떻게 해야 하지?

만약 슌타에게 병원에 갈 용기가 있었다면 훨씬 더 빨리 이 병변——카포시 육종을 발견했을지도 모른다.

인간헤르페스바이러스 8종으로 인해 발생하는 종양성 병변. 피부에 암이 생기는 것이나 마찬가지다. 골치 아프게도 등이나 팔뿐만 아니라 몸 어디에나 생긴다. 몸 안쪽, 폐나 장이나 림프절에까지 우둘투둘한 육종이 무수히 생겨나고, 악화되면 출혈과 통증을 동반한다. 요즘 들어 계속 설사나 혈변을 보는 것도 이것이 원인이다. 직장과 대장에 육종이 생겼기 때문이지만 당연히 슌타가 알 리는 없었다.

AIDS로 인해 면역력이 떨어진 인간의 몸은 영양소가 풍부한 모판이다. 부엽토 위에서 식물이 자라듯이, 작은 동물 사체에 벌레가 꼬이듯이 슌타의 육체는 잠식당한다. 바이러스에, 세균에, 곰팡이에. 그리고 다른 존재로서 재구성된다. 이것은 자연의 섭리이기도 했다.

자기가 점점 없어진다. 자기가 점점 사라진다. 슌타는 병명도 메커니즘도 몰랐지만, 그것만큼은 본능적으로 이해했다.

슌타는 절규했다.

욕실이 진동하도록 짐승처럼 울부짖었다.

정신력으로 극복할 만큼 바이러스는 만만한 존재가 아니다. 지금 흘러가는 1초 1초 동안에도 슌타의 몸은 조용히 좀먹히고 있었다. 그래도 슌타는 머리를 감싸 쥐고 계속 절규했다.

시간이 얼마나 흘렀을까.

밖에서는 신문 배달 바이크가 오가는 소리가 들렸다. 평화롭기 짝이 없는 일상이 계속되고 있었다. 이미 오래전에 걷어찬 화분에서 떨어진 흙에 작은 버섯이 자라 있었다. 편의점 도시락에는 파리가 득시글댔다. 자연의 섭리는 딱히 특별할 것도 없어서 슌타가 병에 걸리기 전부터, 병에 걸린 후에도 변함없이 여기저기서 진행된다. 영원히.

"도와줘……."

위스키를 병째로 들이켰다. 사고를 엉망진창으로 망가뜨리지 않으면 자신이 현실에 짓눌려 산산조각이 날 것 같았다. 하지만 병 안에는 몇 방울밖에 남아 있지 않았다.

"제발 도와줘……."

남아 있는 얼마 안 되는 돈을 세어 보고 슌타는 비틀거리며 밖으로 나갔다. 현관문을 잠그지도 않았다.

약국에서 약을 받아들고 미호는 기분 좋게 걸음을 옮겼다. 날씨가 화창했다.

바이러스양이 상당히 줄어든 덕분인지 요즘에는 컨디션도 좋았다. HIV에 감염되기 전보다 건강해졌는지도 모른다. 짧게 자른 머리카락 덕도 있어서인지 몸이 가볍게 느껴졌다.

횡단보도를 건너는데 갑자기 아는 사람과 마주쳤다.

"우, 우스이?"

"미호……?"

대학 동기인 우스이 코이치가 눈을 동그랗게 뜨고 양복 차림으로 서 있었다.

"오늘은 토요일인데도 일해?"

우스이는 김을 삼각형으로 잘라서 붙인 것 같은 눈썹을 찡그리며 쑥스럽게 웃고 머리를 긁적였다.

"주말에 문제가 좀 생겨서. 고객한테 가서 사과하고 오는 길이야."

그의 하얀 피부에는 땀이 배어 있었다. 어지간히 서둘러서 나선 걸까, 아니면 식은땀일까. 대학교 때 라켓을 들고 스포츠 드링크를 마시던 그의 모습이 떠올랐다.

"힘들었겠다."

"어쩔 수 없지. 나도 옛날에는 상사한테 많이 도움을 받았으니까. 이번에는 내가 부하를 도와야지."

우스이는 대수롭지 않다는 듯이 말했다. 학생 때와 얼굴이나 체격은 변하지 않는데 상당히 듬직해졌다.

"미호는 산책 나왔어? 나는 이제 일 다 봤는데 차라도 한잔 할래?"

더운가 보다. 우스이는 옷깃을 풀어 헤치고 손으로 부채질을 하면서 모퉁이의 카페를 가리켰다.

"진짜 오랜만이다. 요즘엔 어떻게 지내?"

일단 찬물부터 단숨에 비우고 우스이가 물었다. 미호는 고개를 가로저으며 레모네이드를 빨대로 쪼르륵 마셨다.

"그럭저럭. 우스이는?"

우스이는 하얀 이를 드러내며 웃었다.

"응, 탈 없이 잘 지내."

때마침 나온 딸기 주스를 입에 대고 우스이는 미호를 가만히 보고 있었다.

"……헤어스타일 바꿨어?"

"응? 이제 알아챘어? 맞아. 얼마 전에 잘랐어."

"역시 그렇구나. 뭔가 좀 달라진 건 알았는데."

"너도 오늘은 머리 가르마가 조금 다른걸?"

"이건 그냥, 땀 때문에 좀 틀어져서 그래. 클라이언트가 진짜 무서운 사람이거든. 위압감이 장난 아니라 마주 보고 있기만 해도 땀이 줄줄 흐른다니까."

"넌 시합 전에도 땀을 엄청 흘렸었지."

"그야 상대가 무서우니까 그렇지."

"그래도 시합이 시작하기도 전부터 땀으로 흠뻑 젖은 사람은 너밖에 없었어."

"난 지금도 프레젠테이션을 앞두고 있으면 그래. 그래서 이것 봐, 갈아입을 셔츠를 항상 가지고 다닌다니까."

우스이가 장난스럽게 가방을 열어 보였다. 단정하게 개켜 들어 있는 옷을 보자 문득 미호는 그리워졌다. 똑같은 표정으로, 학생 식당에서 스포츠가방을 열어 보이던 우스이의 모습이 선명하게 되살아났다.

"넌 옛날이랑 달라진 게 없구나."

"미호도 그래."

"난……."

옛날과 많이 달라졌다.

말을 잇지 못하는 미호의 옆에서, 가방에서 약봉지가 튀어나와 있는 것을 깨닫고 우스이가 대수롭지 않게 물었다.

"그건 뭐야? 어디 아파?"

"아니, 이건……."

미호는 얼마간 고민했다. HIV. 남자 친구와 헤어진 일. 미호의 근황을 알고 있는 사람은 부모님뿐이다. 여자 친구들에게도 이야기하지 않았다. 아니, 말할 수 없었다. 어떤 반응을 보일지 생각만 해도 공포스러웠다.

"그냥 좀, 지병이 있어서. 상비약이야."

그냥 적당히 얼버무리자. 미호는 억지웃음을 지어 보였다.

"아, 그렇구나. 건강 잘 챙겨."

미호의 기도가 통했는지 우스이도 더는 캐묻지 않았다. 하지만

얼마 동안 대화는 끊어졌다. 우스이가 딸기 주스를 마시는 소리
와 느릿한 재즈 음악만 들렸다.

"그 뒤로 테니스 계속 해?"

"거의 안 해. 사원여행 때만 하는 정도지 뭐."

얼마동안 무난한 추억이나 친구의 소문에 관한 이야기를 주고
받았다. 자연스럽게 서로 재회를 축하하는 형태로 마무리하며 슬
슬 자리에서 일어나려고 했을 때였다.

"……미호."

"응?"

우스이는 한동안 머뭇거리다 이윽고 결심하고 말했다.

"미안해. 사실은 조금 전에 다 봤어. 그거, 스트리빌드지?"

미호는 얼어붙었다. 들고 있던 컵을 거의 떨어뜨릴 뻔했다.

"의료기기 영업도 하고 있거든. 그게 무슨 약인지 정도는
알아."

울음이 나오려고 했지만 미호는 얼굴을 찡그리며 필사적으로
참았다. 들키고 싶지 않았다. 부끄러운 과거, 혹은 용서 받지 못
할 죄가 백일하에 드러난 느낌이었다.

"……미안해. 이만 갈게……."

벽을 느끼고 상처 받기 전에 빨리 여기서 벗어나고 싶었다. 자
리에서 일어나 문득 생각나서 돌아보았다. 아무에게도 말하지 말
라고 못을 박아 두려고 했을 때였다.

"기다려!"

우스이가 눈앞에서 서서 미호의 양어깨를 잡았다. 눈빛이 진지했다.

"우린 친구잖아. 동기잖아."

"우스이……."

"병에 걸린 것 정도로 벽 쌓지 마."

놀라서 숨을 삼켰다.

울음이 날 것 같은 사람은 미호만이 아니었다. 우스이도 똑같았다. 핏발 선 눈이 미호를 똑바로 바라보았다.

"날 고작 그런 일로 떠나갈 친구라고 생각했어?"

"미, 미안해. 정말 미안해."

"진짜, 그러지 마."

우스이는 어깨에 올린 손을 내리고 다시 의자에 앉았다.

"미호, 나한테 그 병에 대해 알려 주지 않을래?"

"뭐?"

"아, 아니…… 그냥. 이상한 뜻으로 물어보는 건 아니야. 조금 전에 내가 의료기기 영업도 한다고 했잖아? 일 때문에 그런 지식이 필요하거든. 그런데 혼자 공부하려니 너무 어렵더라고. 역시 아무래도 환자 쪽 관점이 부족하거든."

조금 쑥스러운지 우스이는 미호를 향해 웃었다.

"하지만 신뢰하는 친구로부터 이야기를 들을 수 있으면 큰 도움이 될 거야."

미호는 다리가 떨렸다.

우스이의 배려가 기뻤다. HIV에 걸리면 당연히 차별 받는다고 믿었던 자신이 어리석게 느껴졌다. 벽을 만들던 쪽도, HIV 환자를 차별한 사람도 다름 아닌 자신이었다. 우스이가 그 점을 깨닫게 해 주었다.

"아, 아니. 미안해. 미호가 싫으면 딱히 얘기 안 해도 돼. 나는 그냥, 가능하면······."

고마워, 우스이.

미호는 우물쭈물 변명하는 우스이의 앞에 다시 앉았다. 다시 한 번 마주 보고 물었다.

"제법······ 얘기가 길어질 텐데 그래도 괜찮아?"

"당연하지. 마실 거 한 잔 더 시킬까? 내가 마신 딸기 주스 맛있던데."

잘 생각해 보면 우스이는 귀여운 음료수를 자주 마시는구나.

"응, 나도 그거 마셔 볼래."

이번에는 미호도 자연스럽게 웃을 수 있었다.

역 앞에 딱 하나 있는 룸살롱에는 교외에 있는 가게답게 언제나 한가한 분위기가 어려 있었다. 하지만 오늘은 그 허름한 인테리어의 가게 안에서 고함 소리가 울렸다.

"그러니까, 나랑 할 수 있냐고 물었잖아!"

웨이터나 호스티스가 의아한 눈길로 쳐다보았다. 슌타는 그 눈길을 느끼고 점점 더 불쾌해져서 격분했다.

"그런 식으로 멋있다느니 하고 추켜세우면서 어차피 나랑은 하지도 못하잖아! 거짓말쟁이들이. 미호는 하게 해 주는데. 내가 하고 싶다고 하면 하게 해 준다고!"

"슌타, 좀 많이 마신 거 아냐?"

"시끄러워!"

하이볼을 들이켜다 기도로 넘어가는 바람에 사레들렸다. 얼마 동안 가슴을 파르르 떨며 쿨룩쿨룩 기침을 했다.

"그것 봐. 무리하면 안 된다니까."

다시 정신을 차리고 한 번 더 유리잔 안의 내용물을 목구멍으로 쏟아부었다. 몸이 뜨거웠다. 알 게 뭐야. 더 뜨거워지면 좋겠다. 뜨겁게 달아올라 폭발해서, 주변 일대에 피와 살을 흩뿌리면 좋겠다. 슌타는 빈 유리잔을 휙 내밀었다.

"한 잔 더."

"더 마시게?"

자주 보아온 호스티스가 난감한 표정으로 물었다.

"뭐야? 무제한으로 마실 수 있잖아!"

"그래서가 아니라. 오늘은 많이 마셨으니까 슬슬……."

"명령하지 마, 이……."

눈을 부릅뜨며 몸을 앞으로 내밀었을 때 호스티스의 하얀 드레스 밑으로 가슴골이 보였다. 건강해 보이는 구릿빛이었다. 그 안쪽에서는 깨끗한 혈액이 흐르고 있겠지. 순간 머리에 피가 솟구쳤다. 욕정이 끓고, 질투도 나고, 단순한 화풀이기도 했다. 손을 뻗었다. 호스티스는 몸을 비틀어 가슴을 가렸다.

"잠깐! 슌타, 여긴 그런 가게가 아니라니까."

"만지면 좀 어때서. 내가 여길 얼마나 다녔는데."

"진짜, 오늘은 왜 그래? 평소에는 이러지 않았잖아!"

"결국 나랑 하고 싶지 않은 거잖아. 역겨워서 그러지?"

"슌타는 좋아해. 하지만 그런 건 서로에 대해서 조금 더 알고 나서 하고 싶어."

"뭐야? 그러니까 약아빠졌다는 거야. 좋아하면 잔말 말고 하게 해 줘."

"혹시 무슨 안 좋은 일이라도 있었어? 얘기하면 들어 줄게."

"얘기하면? 들어 준다고?"

"응. 뭐든지 얘기해 봐."

"그럼 말해 주지! 난 에이즈야! 에이즈라고!"

"……뭐?"

호스티스가 미간을 잔뜩 찡그렸다.

"그래도 날 좋아해? 나랑 같이 술을 마실 수 있어? 그럼, 그거 하자, 빨대 두 개 꽂고 마시는 거. 날 좋아하면 할 수 있겠지? 좋아, 오늘은 병으로 시켜 주지. 그러니까 내 침 마셔 봐!"

"그, 그러지 마……."

보다 못해 웨이터가 끼어들었다.

"손님, 아가씨가 싫어하잖아요."

"웃기지 마! 너도 늘 같이 마시고 싶다고 졸랐잖아. 병으로 시켜 준다니까. 뭐가 불만이야! 역시 내가 에이즈라서 그런 거지? 한 입으로 두 말하는 새끼가!"

호스티스를 노려보며 팔을 치켜들었다.

"손님!"

웨이터가 재빨리 달려들었다. 팔을 붙잡혀 그대로 바닥에 깔렸다. 얼굴을 들려고 했지만 점원이 두 사람 더 달려들어서 머리를 짓눌렀다. 호스티스는 멀리서 이쪽을 지켜보고 있었다. 겁에 질린 눈이었다.

그런 눈으로 보지 마. 내가 병에 걸렸다고 해서 그런 눈으로 보지 마!

울부짖어도 발버둥 쳐도 도저히 적수가 되지 않았다. 온몸을 짓눌린 채로, 이제는 무슨 일이 일어나고 있는지 스스로도 도통 알 수가 없었다.

"앞으로 저희 가게 출입은 삼가주십시오."

체격 좋은 점원이 슌타에게 말했다.

지갑 안에 있는 돈을 탈탈 털어 계산을 했다. 아니, 강제로 빼앗겼다는 표현이 옳았다.

항의할 기력도 없어서 멀뚱히 서 있자, 안녕히 가십시오, 하고 문이 닫혔다. 입구는 벽으로 돌변해 슌타의 존재를 단호히 거부했다.

계단을 비틀비틀 올라갔다. 어쩐지 나른하고 시야가 일그러져 보였다. 입안이 아팠다. 혀로 쓸어보자 건포도만 했던 잇몸의 혹이 무수하게 늘어나 있었다. 몇 번이나 쿨룩거리며 이마에 손을 대보았다. 불쾌하고 뜨뜻한 열기가 손바닥에 전해져 왔다.

비틀거리며 밤거리를 걸었다.

불쾌했다. 모든 것이 불쾌했다.

지나가는 사람들이 슌타를 보면 피해서 갔다. 일행인 여자를 노골적으로 감싸는 남자도 있었다.

에이즈라서 그럴까. 내가 에이즈라서 그렇게 취급하는 걸까. 에이즈에 걸린 사람한테는 존재 가치도 없다는 거야? 그런 거야? 그래, 너희들은 건강해서 참 좋겠다.

계속해서 혀를 차며 원망 가득한 눈으로 노려보았다.

나직한 턱에 발이 걸려 구를 듯이 몇 걸음 옮겼다가 그 앞에 있는 벤치에 털썩 주저앉았다. 커다란 소리가 울리며 금속으로 된 벤치의 다리가 흔들렸다. 일어설 기력은 없었다. 두 팔을 벌려 앉은 채 하늘을 보았다.

꽃이 피어 있었다.

평소에는 거들떠보지도 않았던 가로수에 하얗고 작은 꽃이 매달려 있었다. 그것을 보고 있는 사이에 갑자기 눈물이 쏟아져 나왔다.

예쁘다. 예쁜 꽃이다. 나는 앞으로 몇 번이나 더 저 꽃을 볼 수 있을까?

콧물과 눈물을 소매로 닦았다. 감정의 기복을 스스로 조절할 수가 없었다.

머지않아 장마철이 다가온다. 비의 계절이다. 내 생일도 다가온다. 나는 죽기 전까지 앞으로 몇 번 더 장마를 느낄 수 있을까? 앞으로 몇 번 더 카시와모치*를 먹을 수 있을까? 생일이라는 아주 조금 마음이 들뜨는 날을, 생일 전날의 그 이유도 없이 두근두근하는 느낌을 몇 번 더 맛볼 수 있을까?

언젠가 결혼도 할 줄 알았다. 언젠가, 자식이 생길지도 모른다고 생각했다. 언젠가, 해외여행을 가 보고 싶었다. 언젠가, 내 가게를 갖고, 시간을 충분히 들여 고민하며 가게 이름을 짓고 싶었다. 언젠가 가능할 터였다. 시간은 얼마든지 있을 터였다. 꿈을 꾸는 것은 자유였을 텐데.

지금은 그것조차도 공허하고, 그저 덧없었다.

무엇을 하면 좋지. 어떻게 하면 좋지. 남은 시간을, 나는 무얼하며 보내면 좋지. 돈을 벌어도 의미가 없고, 밥을 먹어도 소용이 없고, 어떤 생산적인 일도 죽으면 전혀 의미가 없다.

뺨을 타고 흐른 눈물이 마르면서 얼굴을 조였다. 길가는 사람이 수상쩍은 눈길로 흘긋거리며 지나갔다.

이렇게 의미도 없이 죽어갈 거면, 난 무얼 위해 태어났지……?

한동안 멍하니 있자 문득 미호의 얼굴이 별하늘에 떠올랐다.

---

* 단오에 먹는 떡갈나무 잎으로 감싼 찰떡.

역시 미호다. 미호밖에 없다.

어떻게 해서든 미호와 연락할 방법이 없을까. 만나면, 이야기하면 미호는 틀림없이 내가 불쌍해서 달려와 줄 것이다. 그런 확신이 들었다.

미호도 같은 HIV 감염자잖아. 마음은 똑같을 거야. 의외로 미호도 이야기할 상대를 찾고 있을지도 몰라. 한 번 더 전화를 해보자. 이번에는 허세 부리지 말고 솔직하게 사실대로 이야기하자. 바람피운 것도, 병에 대해서도 전부 고백하고 울면서 용서해 달라고 하자. 그러면 미호는 틀림없이 돌아와 줄 거야. 돌아오지 않을 이유가 없으니까.

휴대폰을 귀에 댔다. 미호의 번호로 전화를 걸어 받기를 기다렸다.

신호음이 이어졌다. 부재중 전화 서비스로 연결되었다.

다시 한 번 더 걸었다. 바쁜 걸까. 하지만 받을 때까지 나는 포기하지 않을 거야. 슌타는 한밤중까지 몇 번이나 다시 걸기를 되풀이했다. 지나가는 사람의 그림자도 완전히 사라지고, 밤의 장막이 내려앉으면서 벌레 울음소리만이 주변에 가득해도 계속해서 전화를 걸었다.

"……전원이 꺼져 있나?"

후쿠하라 마사카즈는 포기하고 수화기를 내려놓았다. 미호에게 받은 메모지를 보았다. 번호가 잘못되지는 않았을 텐데 몇 번을 걸어도 연결되지 않았다.

맡겨두라고 한 이상 조금이라도 빨리 병원에 오게 하고 싶었다. 야단쳐서 병원에 오도록 만드는 것 정도는 일도 아니라고 생각했는데 애초에 연락조차 닿지 않다니.

후쿠하라는 커피잔을 내려놓고 한숨을 내쉬었다.

내일도 안 되면 이 주소로 직접 가 보는 수밖에 없다.

후쿠하라는 주소를 수첩에 적고 조용히 진한 커피를 마셨다. 검은 수면에 무언가 불길한 징조처럼 물결이 일렁이다 천천히 사라졌다.

슌타는 중얼중얼 혼잣말을 하며 밤거리를 비트적비트적 방황했다.

모든 것에 부아가 치밀었다. 평범한 소고기덮밥집 간판, 해외여행에 대해 적혀 있는 여행사의 전단지, 후보자가 웃고 있는 정치 포스터, 모든 것이 머지않아 죽을 자신을 비웃고 있는 것 같았다. 너는 낙오자라고, 온 세상에 비웃는 소리가 울려 퍼지고 있었다.

배터리가 꺼진 휴대폰을 땅바닥에 패대기쳤다. 그것은 자잘한 파편을 몇 조각 흩뿌리며 데굴데굴 굴러 도랑으로 사라졌다. 결국 미호는 전화를 받지 않았다.

그래.

날 버리고 다들 자기만 행복해질 셈이다 이거지.

용서 못해. 절대로 용서 못해.

내가 어릴 때부터 겁쟁이라는 둥 굼벵이라는 둥 온갖 말로 무시하더니. 웃기지 마. 날 인정하지 않는 세상은 나도 인정하지 않을 거야.

슌타는 더 이상 잃을 것이 없었다. 그래서 오히려 후련하고, 힘이 솟아나는 것 같기도 했다.

더는 아무것도 무섭지 않아. 경찰이든 뭐든 전혀 무섭지 않아.

죽여 버릴 거야. 나 혼자서는 못 죽어. 달팽이의 의지를 보여 주마.

맨 먼저 후루야다. 바에 휘발유를 뿌려서 불을 지를 거야. 그다음은 미호야. 본가 주소는 알고 있다고. 죽일 거야. 넌 언제까지나 내 여자란 걸 깨닫게 해 주마. 내가 잃는다면 너희도 잃어야해. 그리고 나한테 에이즈를 옮긴 녀석. 누군지는 모르지만 그녀석도 후회하게 만들어 주지 않으면 직성이 풀리지 않아. 하지만 잠깐 기다려 봐. 그 녀석도 에이즈라면 알아서 죽겠네? 그럼 너무 시시하지.

얼마간 고민하다 슌타는 손뼉을 짝 쳤다.

그럼 나도 다른 사람한테 옮겨야지. 젊은 여자가 좋겠어. 젊고 미래가 있고, 온갖 행복이 기다리고 있는 녀석이 좋겠어. 그러면 얼마나 속이 후련할까.

그렇지, 그게 좋겠어. 그러면 모든 게 다 해결돼.

머릿속이 깔끔하게 정리되자 슌타는 기뻐서 어쩔 줄을 몰랐다. 히죽히죽 웃다가, 이따금 큰소리로 웃으며 쿨룩거리기를 되풀이했다.

무엇이 필요할까. 먼저 나이프가 있어야겠지. 그리고 휘발유에 문을 비틀어 딸 도구도 필요하겠어. 쇠지레면 충분할 거야. 그리고 돈. 군자금이 필요해.

어째서 나쁜 짓을 꾸밀 때는 이렇게 신이 나는 걸까.

한밤중까지 열려 있는 할인 마트에 들어가 필요한 물건을 구입했다. 나이프는 없었으므로 찌르기 쉬워 보이는 부엌칼을 샀다. 휘발유는 점장의 차에서 빼내면 그만이다. 흉기가 든 가방을 들고 단지 옆을 지나갔다.

그때 눈앞의 화분에서 길고양이가 튀어나와 가로수 그림자 뒤로 사라졌다.

슌타는 이유도 없이 화가 나서 화분을 있는 힘껏 걷어찼다. 풀이 흔들리고 흙이 튀었다. 이파리 뒤에 숨어 있었는지, 달팽이한 마리가 작은 돌멩이처럼 도로로 굴러떨어졌다. 아차 싶었을 때 트럭이 빠르게 지나갔다.

달팽이는 껍데기째 산산조각이 나 있었다.

그 순간 슌타는 엉엉 울었다.

어째서 이렇게 된 거야. 어째서. 난 이제부터 어떻게 되는 거야.

살의로 불타고 있는데 갑자기 슬퍼서 견딜 수가 없었다. 여러 감정이 동시에 터져 나왔다. 현실은 이미 슌타의 마음이 감당할 수 있는 범위를 넘어서 있었다.

그날, 키리코는 평소처럼 공부하고 있었다. 책상에는 책과 자료가 쌓여 있고, 노트 위에는 노란색 형광펜과 볼펜이 아무렇게나 놓여 있었다. 손님은 오지 않는데 논문만 자꾸 복사하니 돈은 자꾸 줄어들었다. 종합병원에서 월급제 의사로 일하면서 저축해 둔 돈은 있지만 그것도 오래가지는 않을 것이다. 진구지가 날이 면 날마다 걱정하는 것이 당연했다.

문득 노크도 없이 천천히 문이 열렸다.

"어, 이런 시간까지 일어나 계시네요?"

어둠 속에서 충혈된 눈만 형형하게 빛내며 한 남자가 서 있었다. 분위기가 이상했다. 긴소매의 새카만 운동복은 흙투성이였고, 머리카락은 부스스했다. 손에 든 가방은 부자연스럽게 울룩불룩 나와 있었다. 무엇이 들어 있는 걸까.

"누구시죠?"

몇 달 전에 100엔을 놓고 간 환자라고 키리코가 떠올리기까지는 시간이 걸렸다. 미조구치 슌타는 마른 것 같았다.

"이렇게 늦은 밤중까지 일하시나 봐요?"

슌타는 안으로 성큼성큼 들어와 의자에 앉았다. 가방은 발치에 두었다.

"저는 여기서 살거든요. 간호사는 없지만요."

"하지만 지금은 세 신데요?"

키리코는 벽시계를 보았다.

"확실히 아침이 좀 이르기는 하네요."

아직 해가 뜨기 전이고, 밖에는 소리도 없이 안개비가 내리고 있었다. 키리코는 자료에 펜을 끼워 두고 대신 청진기를 목에 걸며 물었다.

"오늘은 어떤 일로 오셨어요?"

아무렇지 않게 진료를 시작하는 키리코를 보고 슌타는 조금 당황했다.

"아뇨…… 딱히. 아무렇지도 않아요."

"아무렇지도 않다고요?"

"네. 아니, 조금 계획이 있어서요. 소프랜드*에 갔다가, 바에 갔다가, 마지막으로 여자 친구 집에 갈 생각이에요. 그런데 소프랜드가 아직 안 열었거든요. 그래서 시간이나 때울 겸 들렀어요."

---

* 성인업소의 일종.

뭐, 자고 있으면 너도 찔러 죽일 생각이었지만.

"그러세요? 저는 무슨 볼일이 있어서 오신 줄 알았어요."

그럼, 하고 키리코는 다시 노트를 꺼냈다. 한동안 키리코가 노트에 펜으로 무언가를 쓰는 소리만이 조용한 실내에 울려 퍼졌다. 마치 슌타가 그 자리에 없는 것 같았다. 너무나도 무방비한 모습에 어안이 벙벙했다. 그 모습에 문득 마음이 변했는지도 모른다. 슌타가 말을 걸었다.

"저기요, 선생님."

"네?"

"이야기 좀 하실래요?"

"이야기요? 네, 괜찮아요."

슌타는 무릎에 손을 내려놓고 웅얼웅얼 이야기를 시작했다.

"만약에 말이에요, 만약에. 진짜 그런 게 아니고요. 만약에 절대로 나을 수 없는, 죽을 수밖에 없는 병에 걸리면 선생님은 어떻게 하실 거예요?"

키리코는 펜을 내려놓았다. 그리고 슌타 쪽으로 몸을 돌리고 대답했다.

"남겨진 시간 동안 하고 싶은 일을 할 거예요."

"하고 싶은 일……, 하고 싶은 일이 뭔데요?"

"사람에 따라 다르겠지요. 맛있는 음식을 먹고 싶은 사람도 있겠고, 여행을 가고 싶은 사람도 있을 테고, 가족과 그냥 평범하게 지내고 싶은 사람도 있을 거예요. 개인의 취향을 존중해야 한다고 생각해요."

"그런 일반론 말고요. 선생님이 하고 싶은 일은 뭐예요?"

얼마동안 키리코는 침묵했다. 고민하는 듯했다. 이윽고 딱 잘라 대답했다.

"그건 그때 생각할 겁니다."

"하하하, 키리코 선생님."

무심코 헛웃음이 튀어나왔다.

"이제 곧 죽는데 하고 싶은 일 같은 게 떠오를 거라고 생각하세요?"

키리코는 대답하지 않았다. 단지 슌타의 눈을 물끄러미 쳐다보았다.

"그럴 기분이 들 리가 없잖아요. 머릿속에 무슨 생각이 떠오르는지 아세요?"

입술이 와들와들 떨렸다. 이윽고 슌타는 버럭 소리를 질렀다.

"가르쳐 주지! 죽고 싶지 않아, 죽고 싶지 않아, 싫어, 무서워, 무서워, 그 생각만 가득하다고! 그뿐인 줄 알아? 괜히 화가 나고 다들 죽어 버렸으면 좋겠어. 그러다 슬퍼져서 갑자기 눈물이 쏟아진다고! 뭘 하고 싶다든가, 뭘 좋아한다든가, 그런 소리나 하고 있을 때가 아니라고!"

침을 튀기며 정신없이 쏟아냈다. 키리코의 표정은 서늘했다.

"하고 싶은 일이 떠오르지 않는다고요?"

"그래! 그런 거나 생각하고 있을 상황이 아니라고. 그렇게 냉정하게 있을 수 없단 말이야."

"미리 생각해 두었으면 좋지 않았을까요?"

"뭐?"

"인생은 병에 걸리기 전부터 시작돼 있었잖아요. 그 인생에서 무엇을 하고 싶은지 생각할 시간은 얼마든지 있었을 테고, 그러기 위해 살아왔을 거잖아요? 제가 볼 때는, 죽음을 앞에 두고도 하고 싶은 일이 떠오르지 않는다는 것은, 다시 말해 하고 싶은 일이 처음부터 아무것도 없었다는 뜻이에요."

슌타의 기분도 모르고 키리코는 막힘없이 이야기를 계속했다.

"그냥 살아왔을 뿐이에요. 아픈 건 싫으니까 피하고, 기분 좋은 건 즐거우니까 원하고. 적을 피해 도망치며 꿀을 모으는 벌레처럼, 혹은 튕겨서 이리저리 부딪치는 핀볼처럼 주체성 없이 생명을 사용해 왔어요. 그때 그때마다, 흘러가는 대로요."

"시끄러워."

"당신의 인생은 당신의 의지로 형태를 만든 것이 아니라, 무작위로 세워져 있는 핀에 의한, 일종의 우연에 지나지 않겠지요."

"시끄러워! 닥쳐, 닥치라고! 그게 뭐가 나빠!"

"네? 그게 나쁘다고 하진 않았는데요?"

키리코는 딱히 슌타에게 설교를 하려는 생각은 아닌 듯했다. 슌타는 의도를 파악하지 못하고 오히려 혼란스러웠다.

"그러니까 그런 사람에게는 '흘러가는 대로 그냥 살아가는 것'이 하고 싶은 것이었다고 할 수 있겠지요. 정말로 진심으로 그것을 원한다면 마지막까지 그렇게 살면 되지 않을까요? 원하는 꿈을 눈을 감는 마지막 순간까지. 괜찮아요. 아무리 달아나도 죽음은 어딘가에서 반드시 따라잡으니까요."

감정이 깃들지 않은 목소리였다. 여전히 이상한 의사다. 페이스가 무너지고 만다. 슌타는 심호흡을 한 번 하고 거의 혼잣말처럼 중얼거렸다.

"그렇군요. 병에 걸려도 병원에 가지 않고, 치료도 받지 않고요?"

고개를 든 슌타에게 키리코는 얼마 동안 침묵했다가 대답했다.

"그것을 바란다면 그래도 괜찮다고 생각해요. 저도 하나 물어볼게요."

키리코가 슌타의 입을 보고 있었다. 조금 전에 고함을 쳤을 때 잇몸의 혹이 보였는지도 모른다. 슌타는 황급히 입을 다물었다.

"의학은 나날이 진보합니다. 예전에는 죽을병이었는데 극적인 치료법이 발견되는 경우도 일상다반사예요. 모르는 사람이 보기에는 절망적으로 느껴져도 병원에 가서 전문가의 의견을 들어보면 전혀 그렇지 않은 경우도 있어요. 그래도 병원에는 가고 싶지 않으신가요?"

"네."

"참고삼아 알아 두고 싶은데, 그 이유가 뭐죠?"

"선생님은 몰라요. 아니, 후루야나 미호도 몰라요. 나처럼 약한 놈들만 알 수 있어요."

키리코는 말없이 듣고 있었다.

"무언가를 위해 달아나는 게 아니라, 그냥 달아날 수밖에 없는 사람이 있어요. 그런 사람으로 태어났다면 어쩌시겠어요? 무언가를 찾으려고 해도 내 안에는…… 아무것도 없어요."

그 말을 스스로 입 밖으로 꺼냈을 때, 슌타는 몸이 부르르 떨렸다.

"그런데 목숨 같은 걸 받아 봐야 어따 쓰겠어요? 주체도 못하는데. 이렇게 불공평한 일이 어디 있죠?"

자신의 목소리를 마치 다른 사람의 목소리처럼 들으며 바닥을 보았다. 감정 없는 타일 바닥이 물결치는 것 같았다.

"너무 잔인하잖아요. 그야 달팽이랑 투구벌레가 똑같진 않지만, 그렇다고 이렇게 차이가 나면 어떡해요? 안 그래요, 선생님?"

"슌타 씨가 그렇게 생각하시는 건 슌타 씨의 자유예요."

밀어내는 말투에 슌타의 마음속에서 다시 새카만 어둠이 대가리를 쳐들었다.

"그래, 그렇지. 맞아, 내가 무슨 생각을 하든 자유지."

입이 멋대로 움직였다. 웃기지도 않은데 웃음이 새어나왔다.

"하지만 선생님, 나도 간신히 '하고 싶은 일'을 발견했어. 들으면 아마 깜짝 놀랄걸? 조금이라도 듣고 싶어? 복수할 거야. 존재 의의가 없다면 존재했다는 증거만이라도 이 세상에 새겨 놓을 거야."

그때까지 계속 무표정했던 키리코의 눈썹이 꿈틀 움직였다. 그것이 기뻐서 슌타는 점점 더 흥분했다.

"먼저 소프랜드 여자를 해치우고 다음은 점장놈인 후루야, 마지막으로 미호야."

큭큭큭 하고 웃음이 나오는 것을 참을 수 없었다.

"그게 누군데요?"

"응? 내 여자 친구. 자기는 헤어졌다고 생각하는 거 같은데 난 인정 못하거든. 생각해 봐. 사귈 때도 서로가 오케이를 해야 하니까 헤어질 때도 내가 알았다고 하지 않으면 성립이 안 되지. 그러니까 같이 지옥으로 데려갈 거야. 어때? 선생? 좋은 생각이지?"

이런데도 서늘한 표정을 지을 수 있겠어?

"의사 선생, 당신이 그랬지? 개인의 취향을 존중한다고. 내가 무슨 생각을 하든 자유라고. 안 그래? 분명히 말했잖아? 이제 와서 내 행동을 부정하진 않겠지?"

있는 대로 도발했다고 생각했는데, 그의 대답은 슌타가 예상한 것과는 달랐다.

"네. 마음대로 하세요."

키리코의 표정에 큰 변화는 없었다. 떠들어대는 슌타와는 대조적으로, 그에게는 어떠한 파도나 바람에도 영향을 받지 않는, 심해에 가라앉아 있는 바위 같은 분위기가 있었다.

"……괜찮단 거지? 키리코 선생. 해도 된단 거지?"

"네. 진심으로 하고 싶은 일이 있으면 죽기 전에 남김없이 해야 한다고 생각해요. 그것은 누구에게나 평등하게 주어진 권리예요."

슌타는 일어났다.

"이거 정말 다행이야. 선생의 보증을 받을 수 있다니. 좋아. 그럼 거리낌 없이 하고 오지! 그건 그렇고 당신, 머리가 좀 이상하네."

"그런가요?"

"자각이 없어? 웃기네. 아니, 오늘은 같이 잡담해 줘서 고마워. 덕분에 후련해졌어."

"그랬다니 다행이네요."

키리코가 은색 그릇을 꺼내 불쑥 내밀었다.

"아아, 그렇지. 돈 내야지."

"내고 싶은 만큼 주세요."

"그래, 알았어. 내고 싶은 만큼이라면, 어디 보자."

슌타는 지갑 안을 들여다 보았지만 거기에는 정말로 한 푼도 남아 있지 않았다. 잔돈이라도 없나 하고 호주머니를 뒤져보자 단단한 것이 손가락 끝에 닿았다.

"선생, 미안해. 지금은 정말로 돈이 없어서. 호주머니에 이거밖에 없는데, 이걸로 될까?"

땡그랑, 하고 그릇에서 소리가 났다. 키리코가 신기한 듯이 고개를 갸웃거렸다.

"다음이 있으면 제대로 낼게! 다음이 있으면 말이야. 그럼, 고마웠어."

무언가 큰 힘으로 짓이겨져서 부서진 달팽이의 껍데기. 커다란 두 조각과 작은 네 조각으로 나뉜 그것이 그릇 안에서 서로 부딪치며 굴렀다. 아직 축축해서 그릇 안에 액체가 묻었다.

키리코가 뭐라고 말하기도 전에 슌타는 방을 나섰다. 몇 번이나 쿨룩거리며 붉어진 얼굴로 비틀거리며 문을 열고 쿡쿡 웃으며 안개비 속으로 걸어갔다. 가방 안에서 날붙이가 카랑카랑 부딪치는 소리가 마치 행진곡처럼 들렸다.

미호의 병에 대해 자세히 알고 싶다고 말해 준 우스이를 위해 미호는 그를 집으로 불렀다. 복약 기록과 통원 기록을 메모해 둔 노트, 그리고 HIV 치료를 위한 핸드북 등을 차례로 보여 주었다.

우스이는 웃지도 비관하지도 않았다.

흥미로운 듯이 질문하고, 때로는 농담을 섞어가며 탐욕스럽게 지식을 흡수했다. 우스이가 핸드북을 보며 물었다.

"우와, 이렇게까지 진보했구나."

"해마다 진보하고 있나 봐. 앞으로 몇 년 더 지나면 극적으로 변화할 가능성도 있다고 선생님이 그러셨어."

"대단하다. 전혀 몰랐어. 역시 당사자가 아니면 잘 모르는 일이 많구나."

미호는 묘한 감동을 느꼈다. 어떻게 이렇게 자연스럽게 이야기가 흘러갈까.

슌타와는 이렇지 않았다. "뭐야? 내가 못 배워서 그렇다는 거야?"라든가 "어려운 말로 혼을 빼놓으려는 거지?" 하는 식으로, 이상한 피해망상 때문에 이야기가 괜히 꼬이기만 했다. 중증이다. 슌타에게 너무 익숙해져서 커뮤니케이션 감각이 이상해진 것이다.

"차 마시러 내려와요."

엄마가 방으로 부르러 왔다. 우스이가 고개를 꾸벅 숙였다.

"아, 감사합니다. 갑자기 찾아와서 죄송해요."

"뭘요. 우리 미호를 잘 부탁해요. 애가 좀 덜렁대긴 해도 속은 참 착한 애거든요. 내 입으로 말하긴 좀 그렇지만."

"엄마, 잠깐만. 뭔가 착각하는 거 아냐?"

"응? 왜? 둘이 사귀는 거 아니니?"

미호는 놀라서 엄마 곁으로 달려가 귀엣말을 했다.

"이미 다 얘기했잖아. 대학교 때 같이 서클 활동 했던 그냥 친구라고. 그러니까, 그냥, 내 병에 대해서 알고 싶다고 해서 집에 데려온 것뿐이야."

"그래? 글쎄다. 그렇게는 안 보이는데."

"그러니까 아니래도. 그냥…… 좀 가만 내버려 둬."

그래 알았어, 하고 나가는 엄마에게 짜증을 내며 다시 방으로 돌아왔다. 우스이는 방바닥에 앉아서 손에 핸드북을 든 채 미호를 보며 고개를 끄덕였다. 그는 아무 말도 하지 않았다. 단지 미소를 지으며 끄덕일 뿐이었다.

하지만 그때 미호는 느꼈다.

이 사람과 결혼할지도 모르겠다.

처음 느껴보는 감각이었다. 우스이가 늙어도, 자신이 나이를 먹어도, 시대가 어떻게 변하더라도 같이 있을 수 있다는 예감이 문득 스쳤다. 슌타를 사랑했을 때의 느낌, 가슴을 쥐어뜯는 것 같은 사랑스러움, 발밑에서 끓어오르는 충만감과는 성질이 전혀 다른 감정이라 미호는 한동안 당황했다.

나도 참, 무슨 생각을 하는 거야.

사귀지도 않는데. 그의 마음조차 모르면서. 아니, 그 이전에 이미 내 일만으로도 벅찬 이 상황에서.

스스로를 나무라고, 생각을 떨쳐버리고, 일부러 냉정하게 말했다.

"내려가서 차 마시면서 좀 쉴까?"

"그래."

우스이도 끄덕였다.

미호는 그를 데리고 나무계단을 내려갔다. 정원에서 들어오는 빛이 나뭇결을 부드럽게 비추었다.

집사복을 깔끔하게 차려입은 담당자가 차를 타 주었다. 다과로 나오는 건지, 웨지우드 접시에 팩에 든 양갱이 담겨 있었다. 전체적으로 감도는 언밸런스한 느낌에 쓴웃음을 지으며 슌타는 찻잔을 입으로 가져갔다.

고급스러워 보이는 소파가 일정 거리를 유지하며 배치되어 있고, 각 소파마다 손님이 앉아 있었다. 텔레비전에서 나오는 경마 중계를 보는 사람도 있고, 신문을 읽는 사람, 담당자와 이야기를 나누는 사람도 있었다.

"아, 네! 그렇게요, 부탁드려요! 귀여운 애로요, 네!"

유난히 피부가 곱고 퉁퉁한 남자가 얼굴을 붉히며 끝도 없이 고개를 끄덕여댔다. 상당히 젊었다. 대학생일까? 쥐꼬리만 한 아르바이트비, 혹은 용돈을 닥닥 긁어 조금씩 모은 것을 손에 꼭 쥐고 나왔는지도 모른다.

슌타의 옆에 있는 남자는 조용히 담배를 피우며 천장을 보고 있었다. 기술자 같은 풍모로, 검게 그을린 피부가 빛이 났다. 지명할 사람은 이미 정했는지 담당자가 가져다준 사진 앨범을 펼치려고도 안 했다.

"지명하실 아가씨는 정하셨습니까? 원하시는 외모나 성격 등이 있으시면 저희 쪽에서……."

한차례 차를 마신 슌타에게 눈앞의 담당자가 물었다.

"젊고 행복해 보이는 애요."

드문 주문이었을 것이다. 담당자는 순간 놀란 표정을 지었지만 이내 "알겠습니다" 하고 머리를 숙이고 안쪽으로 들어갔다. 이윽고 준비가 끝났는지 이름을 부르자 슌타는 소파에서 일어났다.

"네! 아니, 그, 가슴은 큰 게 좋아요! 네! 그리고 가능하면 유륜은 작고요!"

뚱뚱한 남자의 목소리를 등 뒤로 들으며 담당자가 안내하는 대로 들어가자 나이트드레스로 몸을 감싼 여자가 생긋 웃으며 서 있었다.

"안녕하세요? 하루미예요. 잘 부탁드려요."

"그래, 오늘 잘 부탁해."

웃음을 건네자 하루미가 슌타의 손을 잡았다. 피부가 매끈매끈했다. 두 사람은 손을 잡고 계단을 올라갔다. 무미건조한 형광등 불빛으로 밝힌 대기실에서 흐릿한 오렌지색 조명만 몇 개 켜진 어둑한 2층으로 향했다. 창문은 하나도 없었다. 습기, 그것도 사람의 몸을 연상시키는 뜨뜻한 수분이 가득 고인 계단을 말없이 한 걸음씩 올라갔다.

"손님, 우리 가게에는 오늘 처음 오셨어요?"

욕조와 침대가 나란히 있는 방으로 들어가자 하루미가 물었다. 슌타는 침대에 앉아 기지개를 켰다.

"응. 아, 존댓말은 안 써도 돼. 친구처럼 대해 줘."

하루미는 곧바로 그의 요구에 따랐다.

"응, 알았어. 잘 부탁해. 그런데 어쩐지 이런 데 익숙해 보이네?"

"그래? 소프랜드에는 별로 안 오는데."

"그렇게 말하는 부분에서 이미 놀만큼 논다는 거네."

하루미는 이를 드러내며 웃었다. 슌타는 다시 한 번 그녀를 관찰했다.

젊었다. 무척 어렸다. 고등학생 정도로 보였다. 머리가 작고 다리가 길었다. 머리카락은 보들보들하고 피부는 눈부시게 아름다웠다. 얼굴은 미인이라기보다는 애교가 있는 타입으로, 덧니가 꽤나 도드라지지만 그래서 오히려 귀여웠다.

틀림없이 살기 편하겠지.

자, 얼른 벗어, 하고 하루미가 슌타의 운동복으로 손을 뻗어 지퍼를 내리려고 했다. 슌타는 황급히 가로막았다.

"아, 잠깐 기다려. 옷은 됐어."

"응?"

"하루미만 벗어."

당황하는 여자에게 슌타는 황급히 덧붙였다.

"난 그런 취향이거든. 여자만 다 벗고 남자는 옷을 입고 하는 걸 좋아해. 안 그러면 안 서."

수상하게 여길 줄 알았는데 하루미는 쿡쿡 웃었다.

"그렇구나, 변태였어."

"그게 어때서? 같이 변태짓 하자."

안도했다. 피부를 보이면 틀림없이 겁에 질릴 것이다. 이미 검붉은 반점이 온몸을 가로지르며 저주의 흔적처럼 피부 구석구석까지 좀먹어 들어갔다. 절대로 보여 줄 수는 없었다.

슌타는 신발만 벗고 하루미가 드레스를 벗는 모습을 한동안 지켜보았다.

"혼자만 벗으려니까 어쩐지 좀 창피하네."

"하루미는 몇 살이야?"

"스물한 살. 지금 대학교 4학년이야. 이제 곧 졸업해."

"졸업하면 뭐 할 거야? 꿈은 있어?"

"아, 나는 이미 취직도 결정됐어. 거기서 일할 거야. 꿈은 현모
양처일까?"

검고 반드르한 머리카락이 흔들렸다. 드레스를 벗고, 속옷에
손가락을 걸었다. 조금씩 드러나는 피부를 보고 슌타는 입맛을
다셨다.

"그렇구나. 어디에 취직했는데?"

"후훗. 듣고 놀라지 마? 은행. 큰 데야."

"은행이라……."

슌타는 어떻게 하면 그런 곳의 면접을 볼 수 있는지조차 몰랐
다. 제대로 공부해 온 사람들만 갈 수 있겠지. 지금 이 방 안에서
슌타와 하루미는 피부가 맞닿을 정도의 거리에 있다. 천체의 이
상 접근 같은 사건인지도 모른다.

"은행은 급여가 꽤 괜찮지 않아? 이런 가게에서 일할 필요는
없을 텐데? 빚이라도 있어?"

"아, 아니. 그런 건 아니야. 내가 옷을 좋아하거든. 학생으로서
지내는 것도 마지막이니까 옷을 잔뜩 사고 싶어. 그리고 친구랑
해외여행도 가고 싶고. 지금밖에 못하잖아?"

하루미는 무심코 넋을 잃을 만큼 아름다운 입술을 말아 올리며 미소 지었다.

"그렇구나."

용도가 태평하기 짝이 없다. 틀림없이 '행복해 보이는 애'다. 비장감도 없고, 어둠도 없다. 대학교에는 친구도 많이 있겠지. 해외여행을 같이 갈 수 있을 만큼 친한 친구들이. 슌타와는 정반대 지점에 있는 존재였다.

"아, 그리고 프티 성형도 하고 싶어! 그리고 피부 관리라든가……."

미용에 돈을 쓸 수 있을 만큼 풍요롭고, 은행에 정장을 입고 다니고, 엘리트와 결혼하고, 엄마가 된 뒤에도 멋 부리는 데 신경을 쓰며 행복하게 나이를 먹어 가겠지.

"부럽다."

무심코 솔직하게 입에서 튀어나온 말을, 알몸이 된 하루미가 받았다.

"그래? 그쪽도 이런 곳에 올 수 있을 정도니 제법 벌지 않아?"

"뭐, 그렇지."

그렇지 않다. 대부업체에서 돈을 빌려 간신히 입욕비 9만 엔을 마련했다.

"후훗, 모처럼 왔으니까 즐기다 가. 서비스 많이 해 줄 테니까!"

구김 없는 미소였다. 연기가 섞여 있겠지만 그래도 착한 애 같았다.

"그쪽은 꿈이 뭐야?"

"나? 나는……."

슌타는 멍하니 실내를 둘러보았다. 타일로 된 벽. 욕조. 옆에는 매트가 있고 한가운데에 구멍이 뚫린 이상하게 생긴 의자가 있고, 로션 병이 있었다.

"언젠가 내 바를 갖고 싶어."

이제 와서는 공허하기 짝이 없는 말이었다. 멋지다, 하는 반응도 오른쪽 귀에서 왼쪽 귀로 그대로 빠져나갔다.

"목욕은 어떻게 할 거야? 설마 옷을 입은 채로 하진 않을 거지? 그냥 침대로 갈래?"

"응."

"후훗. 그럼 같이 이불 덮고 코 자자."

손을 내밀자 하루미의 가슴이 부드럽게 흔들렸다. 아담하고 아름다운 윤곽을 보며 슌타는 생각했다.

그래. 같이 들어가자. 그리고 같이 바이러스 범벅이 돼서 같이 죽어줘.

네가 길동무다.

인터폰을 몇 번이나 눌렀지만 반응이 없었다.

이거 참.

후쿠하라 마사카즈는 이마의 땀을 닦았다. 미조구치 슌타의 주소지는 여기가 맞을 텐데.

벌써 두 번째인데 이번에도 집에 없다니.

수첩을 꺼내 한 장을 찢었다. 거기에 연락처와, 미호에게 부탁 받아서 왔다고 쓰고 문틈 사이에 끼워 넣었다.

마사지나 매트 같은 플레이는 모두 거절했다. 어차피 피부가 아파서 기분이 좋을 리도 없고, 무언가를 계기로 병에 걸린 것을 알아채도 곤란했다.

지금 생각해야 할 것은 이 녀석의 핏속에 확실하게 바이러스를 옮기는 것뿐이다. 슌타는 하루미의 하반신을 들여다보고, 성긴 음모를 보며 물었다.

"핥아도 돼?"

"응."

한동안 슌타가 하루미의 성기를 혀로 핥는 소리가 이어졌다.

아름답고, 행복하고, 미래의 가능성으로 가득 찬 몸이다.

많은 여자의 질투를 사 왔을 축복 받은 외모. 남자들의 관심을 한 몸에 받아 왔을 체구. 슌타가 손을 내밀어도 결코 닿지 않는 것, 돈을 쏟아부어도 한정된 시간밖에 만질 수 없는 것.

그것을 지금부터 나와 같은 수준으로까지 떨어뜨릴 것이다. 추악한 감각이, 궁극을 지배하는 예감이 온몸에 퍼지며 슌타의 성기는 이미 사악하게 발기해 있었다.

순타는 이를 살짝 세워 하루미의 가랑이 사이를 자극했다.

"잠깐, 아파······."

하루미는 싫어했지만 강하게 저항하지도 않았다. 성기에 상처가 있으면 감염 리스크가 더 커진다고 들었다. 기분이 묘했다. 이렇게나 냉정하게, 남을 상처 주려고 기도한 적은 처음이었다.

"이제 괜찮아."

"응?"

"넣어도 돼. 들어와."

"응······."

하루미의 하반신이 젖어 있었다. 순타를 안으로, 안으로 유혹하듯 떨렸다. 하루미가 순타의 등에 양팔을 두르며 가만히 자세를 이끌었다.

이제 두 사람은 각도를 조금 틀어 허리에 힘만 살짝 주면 하나가 된다. 서로의 성기에서 떨어지는 액체는 이미 기화되어 섞이고 있었다. 당연히 콘돔은 끼우지 않았다. 그러기 위해 일부러 거금을 투자해 콘돔 없이 할 수 있는 소프랜드에 왔기 때문이다.

피부와 피부가 맞닿으면서 쾌감의 예감이 전기처럼 내달렸다.

"간다."

순타는 자신에게 알리듯이 말했다.

기다리고 기다리던 순간이었다. 무심코 옅은 웃음이 새어 나왔다. 너도 죽을 거야. 나 혼자가 아니라 너도 죽는 거야. 꼴좋다.

취직이니, 해외여행이니, 피부 관리니, 결혼이니 같은 소리 하
네. 너도 죽는 거야. 괴로워하면서, 온몸이 가렵고, 입에 곰팡이
가 피고, 기침이 멈추지 않고, 열이 계속 나고, 온몸에 반점이 생
기면서 죽을 거야.

하루미는 아무것도 모르고 눈을 감고 있었다.

나와 같은 고통을 느껴 봐. 어느 날 갑자기 검사에서 양성 판정
을 받고 절망해 봐. 연인도 일도 미래도 모조리 잃어 봐. 검사 받
기 전에 온갖 남자들한테 옮겨 주면 더 고맙고. 어떤 손님이 올
까. 가정이 있는 성실한 직장인. 피부가 볕에 그을린 기술자. 뚱
뚱한 젊은 남자…… 다 감염돼 버려. 네놈들의 절망을 통해 나는
죽어서도 이 세상에서 계속 살아갈 수 있으니까…….

호흡이 거칠어졌다.

음탕한 흥분과 사악한 갈망으로 눈앞이 새빨개졌다. 피가 쏠린
성기가 아플 정도였다.

웃으면서, 침이 질질 흐르도록 웃으면서 슌타는…….

슌타는 떨고 있었다.

──대체 왜.

눈앞에는 하루미가 다리를 벌리고 있다. 아무런 저항도 하지
않고, 피임기구를 쓰지 않아도 된다. 그저 슌타가 허리를 앞으로
내밀기만 하면, 불과 몇 센티미터만 앞으로 가면, 그것만으로 모
든 것이 완수되는데.

불가능했다.

흥분한 숨결은 점차 초조함으로 바뀌었다. 눈이 자꾸 깜빡거리고, 온몸이 가늘게 떨렸다. 얼어붙은 것처럼 허리가 움직이지 않았다. 그렇게 꼿꼿하게 서 있던 성기가 천천히 시들어갔다. 마치 몸이 스스로 성교를, 이 행위를 거부하는 것 같았다.

어째서.

이해할 수가 없어서 슌타는 자신의 하반신을 보았다. 그것이 다른 사람의 것처럼 느껴졌다. 지금까지 이런 적은 한 번도 없었다. 삽입하기도 전에 쪼그라든 적은 한 번도——.

하루미가 가만히 손을 내밀었다. 다정하게 슌타의 하반신을 잡고 자극하며 아주 조금 다시 단단해진 부분을 그녀의 성기 입구로 가져가려고 했다. 순간 머리에 번갯불이 스쳤다.

"하지 마!"

슌타는 침대에서 홱 물러났다.

하루미가 놀라서 슌타를 보았다.

"……하지 마, 그만해. 안 돼……."

하루미는 왜 그러냐고 묻고 싶은 표정이었다. 내가 더 궁금해. 그러려고 왔는데. 그러려고 빚까지 냈는데. 모든 건 그걸 위해서인데 나는 어째서——.

"입으로 해 줄까?"

"하지 마! 하지 말라니까……. 잠깐, 안 돼, 하지 마."

몸 안쪽이 뜨거워지면서 둔탁하게 떨리는 느낌이 났다. 무슨 말을 하려고 했지만 할 수 없었다. 말이 나오지 않을 만큼, 눈물이 펑펑 쏟아졌다. 턱이 떨리고, 시야가 일그러지고, 얼굴이 잔뜩 구겨졌다. 이게 뭐야. 어떻게 된 거야.

못 했는데, 대체 왜, 이렇게 뜨거운 눈물이 나오는 거야.

"나, 난, 나는……."

나는 설마.

안도한 건가……?

할 수 없었던 자신에게 안심한 건가?

목구멍과 코도 자신의 눈물로 가득 찼다. 끓인 물을 부은 게 아닐까 싶을 만큼 뜨거운 눈물이었다. 바닥에 털썩 주저앉아 이를 딱딱 부딪치며, 슌타는 목 놓아 울었다. 어린애처럼 하염없이 울었다.

있었다.

슌타는 그렇게 느꼈다. 이유는 알 수 없지만 몸으로 이해했다.

내 안에는 아무것도 없었을 터였다. 죽을힘을 다해 만들어낸 외모라는, 불면 날아갈 것 같은 껍데기만 있고 안은 텅 비어 있다. 아무런 존재가치도 없는, 그저 약하고 이리저리 도망만 치는 인간이다. 무언가를 할 힘도 없고, 그렇기 때문에 마지막으로 무엇을 하든 상관없을 터였다.

하지만 아니었다.

슌타는 손바닥으로 가슴을 눌렀다. 습진과 육종으로 뒤덮이고, 미생물이 좀먹어가고 있는 가슴을. 세균에 잠식된 폐를. 혈액과 함께 바이러스를 운반하는 심장을.

여기에, 있었다.

마지막으로 남겨진 무언가가 틀림없이 있었다. 그렇지? 그래서 나는 할 수 없었던 거지?

내가, 스스로도 알아채지 못했던 내가 있었다. 어쩌면 그것은 훨씬 오래 전부터 변함없이 있었는지도 모른다. 유급했을 때도, 대학교에 입학했을 때도, 미호와 사귀는 동안에도 줄곧 여기에 있었던 것이다.

무엇 하나 얻은 것도 없는데 구원 받았다고 생각했다.

그토록 고독하고 괴롭던 심정이 거짓말 같았다. 뜨거운 눈물이 피부 위로 뚝뚝 떨어질 때마다 점성질로 가득 찬 검은 것이 깨끗하게 씻겨 나갔다.

하루미가 곁에서 다정하게 머리를 쓰다듬어 주었다. 틀림없이 당황했을 것이다. 이상한 손님이라고 생각했을지도 모른다. 하지만 다행이었다. 이걸로 다행이었다. 오랜만에 마음이 평온해졌다.

그때, 극심하게 가슴이 떨렸다. 거의 노성에 가까운 기침이 소프랜드의 방에 울려 퍼졌다.

놀라게 해서 미안해.

불안한 얼굴로 보고 있는 하루미에게 그렇게 말하려고 했지만 곧이어 두 번째 기침이 튀어나왔다. 몇 번이나 기침을 하는 사이에 목에 날카로운 통증이 느껴졌다. 숨이 쉬어지지 않았다. 이런 적은 처음이었다. 괴로웠다. 괴로웠다. 바닷속에서 발버둥치는 것 같았다──.

목을 긁어댔다. 입가에서 거품이 나왔다. 이게 뭐지. 어떻게 된 거야. 머리가 혼란스러워 어떻게 해야 좋을지 몰랐다.

그러는 사이에 정신이 아득해졌다.

저항할 수 없는 졸음과 함께 어둠 저편으로 끌려갔다. 눈을 뜨고 있는데도 위에서부터 검은 셔터가 내려왔다.

기겁한 하루미가 전화기로 달려가는 모습이 보였다.

그것을 마지막으로 슌타의 세상은 어둠에 감싸였다.

어차피 또 광고 전화이겠거니 하며 진구지 치카가 수화기를 들었다.

"네, 키리코 의원입니다."

"아, 안녕하세요? 저는 '프레지던트 어용 클럽 애프리콧 돌스'의 와타나베라고 하는데요."

"네?"

대체 어떻게 된 거지. 몹시 당황한 남자의 목소리가 계속되었다.

"저기, 저희 가게에 오신 손님이 갑자기 쓰러지셔서요, 그……, 고열에 기침이 나고. 무척 괴로워하세요."

"아, 네. 그런데 저희 의원에는 왜 전화하셨어요?"

"조금 전에 구급차를 불렀는데요, 그게, 아직 안 와서, 손님의 진찰권이 지갑에 들어 있어서 주치의신가 해서 말씀 좀 여쭈려고요."

대략적인 사정을 이해한 진구지가 무슨 말을 하기도 전에 옆에서 키리코가 수화기를 빼앗아 들었다. 조금 전까지 밖에 있었을 텐데. 계단을 달려 올라온 듯했다.

"병세가 어떤가요?"

"그게, 응대한 사람 말에 따르면, 열이 펄펄 끓고, 몇 번이나 기침을 한 다음에 쓰러졌대요. 입술이 새파래졌어요."

수화기에서 들려오는 목소리에 진구지는 얼어붙었다. 청색증이다. 위험했다.

"의식은요?"

"없어요."

"그렇습니까……."

키리코는 담담하게 대답했다.

"아무튼 저희 쪽에서는 대처가 불가능하니 구급차가 오면 태워서 산소를 흡입시키며 이송하세요. 기본적으로는 구급대원에게 맡겨두면 돼요. 뉴모시스티스 폐렴일 가능성이 있다고만 전해 주시겠어요?"

AIDS 지표 질환의 하나인 병명에 진구지는 눈이 동그래졌다.

"아, 네……. 저기 뉴모시스……요?"

"옛날의 카리니 폐렴이라고 해도 통할 거예요. 어디로 이송되는지 확인하시고 다시 연락 주시면 대단히 감사하겠습니다."

전화를 끊자 키리코는 가운 차림 그대로 가방을 들고 구두를 신었다.

"키리코 선생님, 어찌시려고요?"

"그 사람한테 가려고."

"하지만 아직 어디로 옮길지 정해지지도 않았잖아요?"

"아마 HIV 진료 거점 병원으로 옮겨질 거야. 아니면 기간 병원이나. 어느 쪽이든, 이 근처에서는 시치주지가 아니겠어?"

"어림짐작으로 시치주지에 가려고요? 쫓겨날걸요?"

"딱히 방해할 생각은 없어. 단지 할 수 있는 일이 없을지 물어보러 가는 것뿐이야. 아무것도 없으면 돌아올 거고."

"진심이세요?"

이 남자가 이렇게 말을 꺼내는 이상 진심이 틀림없다. 그것은 잘 알고 있지만, 진구지는 묻지 않을 수 없었다.

"그럼 다녀올게. 다른 병원으로 이송됐으면 전화해 줘."

무슨 말을 해도 소용이 없다. 진구지는 끄덕였다.

달려나가는 키리코의 등에 대고 가만히 말했다.

"후쿠하라 선생님한테 안부 전해 주세요."

"오늘은 선생님께 소개 드리고 싶은 사람이 있어요."

미호가 진료실에 우스이 코이치를 데리고 온 것을 보고, 후쿠하라 마사카즈는 자기 일처럼 기뻐했다.

"갑작스럽게 죄송해요. 전 미호의 대학교 친구예요."

"무슨 일이 있을 때 이 친구처럼 잘 아는 사람이 근처에 있으면 안심이 될 것 같아서 데려왔어요."

"아니에요, 제가 억지로 부탁했어요. 꼭 좀 자세히 알고 싶어서요. 친구가 병에 걸렸는데 아무것도 모르는 게 싫거든요."

보기 흐뭇했다.

HIV에 대한 편견은 여전히 적지 않다. 계몽에 힘쓰는 단체와 의사도 있지만, 좀처럼 지식을 널리 확산시키기가 어려운 것이 현실이다. 때로는 자신의 무력함을 통감할 때도 있다. 초조해질 때도 있고 애가 탈 때도 있다.

그래서 이렇게 앞을 향해 나아가는 환자를 볼 때마다 그래도 세상은 좋은 방향으로 나아가고 있다고 새삼 확신한다.

"그럼 오늘은 우스이 씨도 같이 수치를 보시겠어요? 경과는 여전히 순조로워요. 바이러스양은 검출한계 이하고요, CD4 수치도 300 후반으로 점점 올라가고 있어요."

우스이는 진지한 표정으로 데이터가 인쇄된 종이를 들여다보았다. 미호는 그런 그를 믿음직하게 바라보았다. 두 사람의 미래는 밝았다. 이 청결한 진료실처럼 하얗게 빛났다.

진찰을 마치고 두 사람을 배웅한 뒤 후쿠하라는 다시 수첩을 꺼내 머리를 긁적였다. 미조구치 슌타에게서는 여전히 연락이 없었다.

일이 끝난 뒤에 한 번 더 집에 가 볼까…….

그런 생각을 하며 노트북을 덮고 자신의 방으로 돌아갔다.

복도 끝에 감염내과 부장 이토카와가 여전히 구부정하게 서 있었다. PHS*를 귀에 대고 있었다. 전화 중인 듯했다. 가볍게 인사하고 스쳐 지나가려고 하는데 이토카와가 PHS를 끊고 불러 세웠다.

"후쿠하라 선생님, 지금 시간 있어요?"

"네? 마침 오전 외래가 끝난 참인데요."

"다행이네요. 조금 뒤에 이리로 응급환자가 이송된다고 하네요."

"무슨 일입니까? 응급실에 지원이 필요하단 말씀이신가요?"

"아니오. 다만, 뉴모시스티스 폐렴이 의심된다고 하더군요. 그리고 피부에 종양 같은 병변도 확인됐고요. 생검을 해 봐야 알겠지만, 아마도 카포시 육종 같아요. 타이밍을 봐서 감염내과에서 맡게 되겠죠. 기본적으로는 내가 진료하겠지만 서포트 부탁합니다."

후쿠하라는 무심코 미소 지었다.

"아, 그래서 그런 거였군요. 알겠습니다."

---

* Personal Handy-phone System. 1995년 일본에서 개발된 무선통신 시스템으로, 병원 내에서는 휴대폰 사용이 금지되어 있으나 PHS는 전파 출력이 휴대폰에 비해 낮아 의료기기와 인체에 영향이 적어 의사와 간호사의 연락 도구로 도입되었다.

"아니, 그게 다는 아니에요."

"또 뭔데요?"

"그 환자를 보던 의사도 이리로 오는 중이라는군요."

"다른 병원 의사가 일부러 찾아온다고요? 꽤나 한가한, 아, 실례했네요, 아주 세심하신 분인가 보네요."

"그러게요. 드문 경우죠. 듣자 하니 그분이 후쿠하라 선생님과 아는 사이인 듯하니 일단 응대를 부탁 드렸으면 해서요."

"아는 사이라고요?"

불길한 예감이 들었다.

"키리코 슈지 선생님이라더군요."

이름을 듣고 후쿠하라는 무심코 미간을 찡그렸다.

"그럼 접수처에서 연락이 오면 부탁드립니다."

후쿠하라가 뭐라고 말하기도 전에 이토카와는 바삐 가버렸다.

대체 무슨 인연이 이렇게 질기단 말인가.

후쿠하라는 한숨을 내쉬고, 창밖을 내려다보았다. 시치주지 병원 로터리에는 버스와 택시가 끊임없이 환자를 데려온다. 혈액처럼 순환하는 인파 위에서 태양이 빛났다. 뭉게구름이 떠 있는 무더운 날이었다.

나는 죽는 걸까…….

슌타는 문득 생각했다.

눈을 떴을 때의 감각은 지금까지 느껴본 적이 없을 만큼 기묘했다. 상쾌하지도 않고 명료하지도 않았다. 부연 시야 속에서 오랜 시간을 들여 초점을 맞췄다. 간신히 눈으로 들어온 영상을 거기서 또 시간을 들여 뇌가 이해했다. 평소라면 금방 돌아가기 시작할 엔진이 몇 번이나 멈추면서 겨우겨우 시동이 걸리는 느낌이었다.

사이렌 소리가 들렸다. 무선으로 뭐라고 이야기하는 소리도 들렸다.

"괜찮아요. 지금 이송 중이니까 주무시고 계세요."

눈을 뜬 슌타에게 마스크를 쓰고 파란 옷을 입은 젊은 남자가 옆에서 다정하게 말을 걸어 주었다. 구급대원이었다. 순간적으로 대답을 하려고 했지만 이내 숨이 막힐 듯이 기침이 나왔다. 입을 만져보고 무언가 장치를 달아 놓은 것을 깨달았다.

"대답하지 않으셔도 돼요. 금방 도착할 거예요. 아, 산소마스크는 건들지 마시고요."

손을 뗐다. 손가락에는 스테이플러 같은 모양의 기구가 물려 있었다. 빨간빛이 엄지손가락을 비추는 것이 보이고, 또 다른 구급대원이 작은 디스플레이의 수치를 이따금 확인했다.

몸이 무척 나른하고 머리가 멍했다. 혈중 산소 농도가 감소해 땅 위에서 익사할 뻔했다는 것까지는 몰랐지만, 무언가 큰일이 생겨서 병원으로 실려 가는 중이라는 점만큼은 이해할 수 있었다.

어쩐지 아무래도 좋았다. 그런 것은 아무래도 상관없었다. 사고가 마비되었는지, 남의 일처럼 누워 있는 자신의 몸을 쳐다보고 있었다.

나는 뭘 하던 중이었지. 어디에 있었지. 무언가 무척 중요한 일을 생각하고 있었던 것 같다. 그렇다, 나는 어디에 가야 한다. 그러기 위해 준비하고, 작전도 짰던 것 같은 기분이 들었다. 무얼 하려고 했더라…….

안개가 낀 것 같은 의식 속에서 슌타는 어떻게든 기억해내려고 애썼다

바로 옆에서 가방이 흔들리고 있었다. 내 가방이다. 할인 마트에서 산 싸구려 가방이다. 안에 무엇이 들어 있는지는 몰라도 상당히 울퉁불퉁했다. 쳐다보고 있는 사이에 문득 자신이 하려던 일이 떠올랐다.

그렇지.

그랬다.

나는…….

가슴이 욱신 아팠다. 나는 대체 무슨 끔찍한 짓을 벌이려고 했던 걸까.

조금 전까지의 자신은 마치 악마에게 씐 것 같았다. 아니, 그렇지 않다. 그것도 틀림없이 나다. 어떻게 해야 좋을지 몰라서 폭주한 나다.

이제 와서야 몸이 덜덜 떨렸다.

그대로였다면 자신은 대체 어디까지 갔을까.

자동차가 턱을 하나 넘었다. 얼마간 서행한 뒤 멈췄다.

"도착했어요. 이동할게요."

슌타가 누워 있는 들것의 잠금 장치가 풀렸다. 뒷문이 열리는 동시에 햇빛이 비쳐들었다. 눈을 찌르는 강렬한 빛에 슌타는 무심코 얼굴을 찡그렸다.

"OK, 그쪽도 됐어? 자, 갑니다."

구급대원이 들것과 함께 슌타를 구급차 밖으로 옮겼다.

미호가 보고 싶다.

그렇게 생각했다.

더웠다. 목이 바짝바짝 탔다. 이글이글 타오르는 사막에 있는 것 같았다. 숨을 쉴 수 없었다. 점막과 점막이 달라붙었다. 숨을 들이마셔도 아무것도 들어오지 않았다. 공기가 완전히 사라진 것 같았다.

미호, 살려줘. 미호, 여기에 와줘. 난 여기 있어, 여기서 괴로워서 몸부림치고 있어. 부탁해 미호, 보고 싶어.

흐릿한 시선에 미호의 모습이 떠올랐다. 감기에 걸릴 때마다 얼음베개를 가지고 달려오는 미호. 눈이 동그래져서, 눈꼬리는 팔자로 축 처져서, 자기 일은 제쳐두고 곧장 달려와 주는 미호. 병에 걸린 내가 걱정스럽고 안쓰러워서 견딜 수가 없는 미호.

이제야 겨우 알았어.

내가 하고 싶은 일은 다른 누군가를 업신여기는 일이 아니었다. 어째서 이렇게 쉬운 것을 깨닫지 못했을까?

멋진 남자가 되는 것도 아니었다. 강한 남자가 되는 것도 아니었다. 하물며 내 소유의 바를 갖는 것도 아니었다.

미호다.

나는 미호와 같이 있고 싶었다.

줄곧 불안했다. 언제 미호가 나한테 정이 떨어질지, 언제 미호가 텅 빈 나를 알아챌지, 두렵고 무서워서 견딜 수가 없었다. 그래서 후루야 씨처럼 나쁜 남자가 되고 싶었다. 왜냐하면 후루야 씨는 언제나 여자가 끊이지 않았으니까. 미호에게 사랑 받고 싶었어, 미호의 관심을 끌고 싶었어. 바가 갖고 싶었던 게 아니야. 미호가 웃는 걸 보고 싶었어.

전부, 전부 미호가 좋아서 그런 거잖아.

나는 왜 그렇게 멍청했을까…….

"안녕하세요, 수고 많으십니다. 네, 이쪽이요."

구급대원이 누군가와 이야기하는 소리가 들렸다.

"소지품도 같이 있어요. 여기, 이 가방이에요."

가방이 슌타의 바로 옆에 놓여졌다. 덜그럭 하고 묵직한 소리가 났다.

아무래도 상관없으니 빨리 좀 해. 빨리 편하게 해 줘. 괴로워. 괴롭단 말이야.

힘없이 손을 움직이고 숨을 할딱할딱 몰아쉬며 슌타는 기도하는 마음으로 빌었다. 누가 죽을 줄 알고. 여기서 죽을 줄 알고. 미호에게 지금까지의 일을 사과해야 해. 그리고 전해야 해. 무엇보다 소중한 건 너라고, 용서해 줄지 어떨지는 모르지만 그래도 전하고 싶었다.

눈을 가늘게 뜨고 흘러가는 세상을 보았다. 걱정하지 않아도 억센 구급대원이 들것을 신속하게 밀며 옮겼지만, 무척 감질나게 느껴졌다.

갑자기 그것이 나타났다.

누워 있는 슌타는 눈이 휘둥그레졌다.

대수롭지 않은 풍경이었다. 크고 하얀 병원의 입구. 수십 미터는 떨어져 있었지만 바로 눈앞에 있는 것처럼 잘 보였다. 커다란 자동문 옆에 알코올 소독용 병이 놓여 있고, 옆에는 우산꽂이가 있었다. 들어가는 사람도 있고 나오는 사람도 있었다. 노인도 있고, 어린애를 데리고 온 엄마도 있고, 휠체어에 탄 남자도 있었다. 그렇게 북적이는 사람들 가운데, 미호가 있었다.

미호는 옛날과 똑같았다.

아르바이트하는 곳에서 처음 인사했을 때와 똑같았고, 데이트했을 때와 똑같았고, 싸웠을 때와 똑같았고, 그리고 마지막으로 집을 나간 때와 똑같았다. 똑같은 얼굴, 똑같은 몸. 단지 머리 모양만 달랐다.

목소리는 나오지 않았다.

미호는 병원에서 나가는 중인 듯했다. 어깨에 핸드백을 걸고, 손에는 처방전으로 보이는 종이를 들고 있었다. 하얀 종이를 펄럭거리며 이쪽을 돌아보고 무슨 말을 한 듯했다.

미호.

슌타보다도 훨씬, 훨씬 더 미호와 가까운 곳에서, 미호를 보고, 남자가 고개를 끄덕였다. 남자는 미호의 처방전을 받아들고 대충 훑어보고 미소 지었고, 그리고 잠시 생각하는 기미를 보이며 손을 내밀었다.

미호.

철제 바퀴가 아스팔트 위를 굴러가는 소리가 들렸다. 지면의 요철이 슌타를 흔들어댔다. 플라타너스 잎이 마치 일루미네이션처럼 선명하게 깜빡였다.

미호.

남자는 말쑥한 셔츠와 바지를 입고 있었다. 수수했지만 성실해 보였다. 동그란 눈은 진지하게 미호를 향하고 있었다. 미호는 남자를 마주보고 방긋 웃었다.

미호.

두 사람 다 망설이는 것 같았다. 하지만 가만히 손을 잡는 모습이 선명하게 보였다. 그리고 미호는 바깥의 눈부신 빛을 향해 한 걸음 내딛었다.

미호…….

울툭불툭 튀어나온 가방이 흔들렸다. 내용물이 잘그락잘그락 소리를 냈다. 시간상으로는 불과 몇 초의 광경인데, 슌타가 응급실로 옮겨진 뒤로도 망막에 새겨져 사라지지 않았다.

어느새 구급대원의 모습은 없었고, 옆에는 한 의사가 서서 이쪽을 내려다보고 있었다. 주변을 간호사가 분주하게 오갔다.

자신에게 뭐라고 말을 걸었다. 물속에서 듣는 것처럼, 목소리가 메아리치며 뇌에 전해졌다.

"위험한 상태입니다. 미조구치 씨의…… 호흡기능이 떨어져서…… 앞으로 며칠이 고비입니다. 만에 하나……의 경우에 대비해……."

여전히 병원 입구를 보고 있는 기분이었다. 눈의 초점은 그곳에 있고, 몸은 밖에 있는 듯했다. 슌타는 잔상으로 남은 미호의 뒷모습을 보고 있었다. 둘이서 빛을 향해 걸어가는 뒷모습을, 손도 내밀지 못하고 그저 지켜보았다.

목소리만 들려왔다.

"……입니다. 연락하실 가족이나 친구 분은 있으신가요?"

의사가 의식의 유무를 확인하듯이 슌타를 정면으로 들여다보았다.

턱이 와들와들 떨렸다.

아직 늦지 않았을 것이다.

나는 새사람이 될 것이다. 시간이 조금 걸리기는 했지만, 다른 누구도 아닌 미호가 가장 소중한 사람이라고 깨달았으니까. 그 마음을 전할 것이다. 결혼하고 싶다고 말할 것이다. 아버지에게 인사드리러 가든, 뭐든 하겠다고 말할 것이다. 미호는 그렇게 말해 주기를 기다리고 있었다.

미호는 틀림없이 와 줄 것이다. 그 남자의 손을 뿌리치고, 만신

창이가 된 내 곁으로 달려와, 내 이야기를 들어 줄 것이다. 미호
는 그런 애니까. 미호는 다정한 사람이니까.

그러니까 이런 내 곁에 계속 있어 준 것이다.

자신의 가슴을, 무언가를 확인하듯, 혹은 무언가를 쥐어짜듯
붙잡고, 꽉 움켜쥐었다. 이렇게라도 하지 않으면 나약한 자신에
게 휩쓸려 갈 것 같으니까. 눈앞이 새빨갛게 물들고, 심장 소리
가 온몸에 울려 퍼졌다. 결단을 내릴 때다.

미호. 나는, 너를……

"미조구치 슌타 씨, 만일의 경우에 대비해 만나고 싶으신 가족
이나 친구분이 계신가요? 보고 싶으신 분은……."

눈을 감았다.

"……엄마한테……."

그 말만 간신히 짜냈다.

"어머니께만 연락 드리면 될까요? 다른 분은 안 계세요?"

의사는 담담하게 질문을 던졌다.

가슴을 너무 세게 움켜잡은 탓에 손의 감각이 거의 사라져 있
었다. 숨을 멈추고, 몇 번이나 말하려다 망설이고, 헐떡일 때마
다 혀끝이 움찔거렸다.

슌타는 천천히, 갈라진 목소리로, 하지만 분명하게 의사에게
말했다.

"없어요."

딱 잘라 말하자 깊고 새카만 절망의 구렁텅이로 빠지는 것 같

앗다. 공포에 몸이 움츠러들고, 이루 말할 수 없는 냉기가 가슴 안쪽에서 뿜어져 나왔다.

하지만 눈꼬리에서는 뜨거운 것이 얼굴 옆으로 흘렀다.

말했다. 제대로 말했다.

의사가 고개를 끄덕이고 멀어져 가는 것을 곁눈으로 보았다.

흐느낌이 터져 나오며 목이 떨렸다. 공기가 제멋대로 단속적으로, 가슴에서 뿜어져 나왔다. 어떻게 된 건가 생각하고 있는데, 후우, 후우 하고 무의식적으로 소리가 나오고, 이윽고 눈동자가 불덩이처럼 뜨거워졌다.

슌타는 눈을 감고 지나간 광경을 떠올렸다. 몸에 가득 찬 열이 기분 좋게 눈꺼풀 밖으로 퍼져 나가는 것을 느끼며.

눈에 비친 미호의 웃는 얼굴이 몇 번이고 몇 번이고 수도 없이 어둠 속으로 퍼져 나갔다.

미호는 웃고 있었다. 행복하게 웃고 있었다.

신이시여, 제발 미호가 앞으로도 언제까지나 행복하게 살 수 있게 해 주세요.

슌타는 기도하는 마음을 담아 숨을 깊이 내쉬었다. 뺨을 타고 흐르는 따뜻한 눈물을 고요히 홀로 느꼈다.

시간이 상당히 걸리고 말았다. 늦지 않게 갈 수 있을까.

키리코는 역에서 이어진 길을 부지런히 걸었다. 장바구니를 든 주부를 앞지르고, 과수원 사이를 지나 마침내 무사시노 시치주지 병원에 도착했다.

신호를 기다리는 동안 길을 끼고 맞은편에 있는 병동을 올려다 보았다.

한때 근무했던 병원은 화창한 하늘 아래에서 하얀 성처럼 빛 났다.

바로 옆 벤치에서 목소리가 들렸다.

"약을 바로 탈 수 있어서 다행이었어."

"응."

돌아보니 젊은 남녀가 앉아 있었다. 버스를 기다리고 있나 보다. 여자의 핸드백에서는 약봉지가 튀어나와 있었다. 부부일까. 키리코에게는 두 사람이 서로 신뢰하는 사이처럼 보였다.

"아, 그런데 말이야."

남자가 문득 떠오른 듯이 말했다.

"달팽이 있잖아?"

여자가 놀란 듯이 고개를 들었다.

"어? 응……."

"사라진 달팽이들은 어쩌고 있을까?"

"……무슨 뜻이야?

여자는 어째선지 불안스레 남자를 쳐다보았다.

"장마철에는 사방 어디에나 있는데 이렇게 장마가 끝나면 전혀 안 보이잖아. 마치 멸종한 것처럼. 언제나 그게 신기했어."

반대쪽의 파란불이 깜빡였다. 키리코는 두 사람의 대화를 들으며 멍하니 신호를 보고 있었다.

"……어떻게 지내고 있을까. 걱정이네."

"그만큼 다른 생물이란 뜻이겠지."

"응?"

불안스레 묻는 여자에게 남자는 태평하게 웃어 보였다.

"애당초 나아가는 속도가 다르니까. 같이 걸어갈 수 없을 만큼 달라. 그러니까 인간과 달팽이는 특정한 시기에 잠깐 마주치고 끝나는 존재야. 그 이상이 되려고 해도 될 수가 없어. 어쩔 수 없는 일이야."

"어쩐지 쓸쓸하다."

"그런 식으로 생각하지 않아도 되지 않을까? 또다시 장마철이 오면 어디선지 모르게 다시 나오잖아. 그들도 어딘가에서 열심히 살아가고 있어. 달팽이는 우리가 생각하는 만큼 약하지 않아."

"……그럴까?"

"장마철 동안만이라도 같이 있을 수 있었던 걸 행복이라고 생각하면 돼. 우리가 장마철에 달팽이를 보면 조금 기쁜 것처럼, 그쪽에서도 틀림없이 무언가를 받아 가고 있어. 분명 만났다는 사실 자체에 의미가 있을 거야."

"……응."

여자는 한동안 고개를 숙이고 있었다. 남자는 조금 걱정스럽게 여자를 살펴보았지만, 이윽고 버스가 왔다며 일어나 여자의 손을 잡았다. 두 사람은 손을 맞잡고 천천히 멈춰 선 버스에 올라탔다.

보행자용 신호가 파란불로 바뀌고 전자음이 흘러나왔다. 키리코는 걸음을 옮기며, 순식간에 두 사람의 옆을 지나쳤다.

한 줄기 바람이 병원 앞 가로수를 흔들었다.

평소와 다르지 않은 평범하게 화창한 날이었다.

HIV의 진행에 기인한 뉴모시스티스 폐렴이 빠르게 악화되어 쇠약해진 미조구치 슌타가 숨을 거둔 것은 그로부터 사흘 뒤였다.

상당히 막되게 살았는지, 건강을 돌보지 않아 체력이 약해져 있었던 것이 문제였다. 본래는 그렇게까지 단숨에 악화되지 않는 병인데, 시치주지 병원에서 온갖 수단을 동원해도 그를 구할 수는 없었다. 본인도 한편으로는 포기하고 있었는지, 아니면 죽기를 바라는 구석이 있었는지, 이틀째에 혼수상태에 빠진 뒤로 끝내 눈을 뜨지 못하고 떠나갔다.

홋카이도에서 한달음에 달려온 어머니는 "마지막까지 멍청한 짓만 하다 가냐, 이 바보 같은 놈아" 하고 욕을 퍼붓고는 어깨를 들썩이며 울었다.

"죽을병이 아니었어."

후쿠하라는 매우 언짢았다. 금속과 금속이 맞부딪치는 기세로 동전을 집어넣고 버튼을 연속해서 눌렀다. 굴러 떨어진 캔 커피 두 개를 꺼내고 잔돈 레버를 내렸다.

"난 됐어."

불쑥 내민 캔을 키리코는 받아들지 않았다.

"넌 돈도 없잖아."

"그러니까 물 마시면 돼."

키리코는 자동판매기 옆으로 슬쩍 눈길을 주었다. 거기에는 수도꼭지가 은색으로 둔탁하게 빛나고 있었다.

"내가 신경 쓰여서 그래. 잔말 말고 받아."

후쿠하라는 억지로 캔을 건네고 천천히 복도를 걸어 유리문을 열고 밖으로 나왔다.

억수 같은 장대비였다.

시치주지 병원 안뜰은 굵직한 나무가 몇 그루 서 있는 게 전부인 살풍경한 공간이다. 어쨌든 벤치와 테이블이 있기는 하지만, 화창한 날조차도 거기서 쉬는 사람은 거의 없었다. 이런 날씨에는 발을 들이는 사람조차 없을 것이다.

그렇기 때문에 두 사람이 이야기를 나누기에는 더없이 적당했다.

후쿠하라는 물웅덩이를 피해 벽을 따라 걸어가 간신히 차양 밑에 있는 벤치로 가서 앉았다.

"좀 더 빨리 대처했더라면 어떻게든 방법이 있었을 거야. 뉴모시스티스 폐렴도 그렇고, 애당초 AIDS로 발전하기 전에 막을 수 있었을 거야."

후쿠하라가 캔 뚜껑을 따자 희미한 향기가 피어올랐다. 부원장실 커피메이커와는 하늘과 땅 차이기는 했지만 어쩐지 그립고 편안한 냄새였다. 그것이 빗속으로 사라지기 전에 코를 벌름거렸다.

"그랬겠지."

벽에 기댄 키리코가 고개를 끄덕였다. 후쿠하라가 목소리를 높였다.

"키리코, 넌 책임도 안 느껴?"

키리코는 아무 말도 하지 않고 후쿠하라를 보았다.

"네가 그 사람을 억지로라도 큰 병원에 가게 했더라면, 좀 더 빨리 HIV 양성이라고 알았더라면, 처방을 준수하게 만들고 약을 먹게 했더라면…… 결과는 전혀 달라졌을 거야."

처방 준수(adherence). 의료 용어에서 그 단어는, 의사가 시키는 대로만 따르는 것이 아니라, 환자가 스스로의 의지를 가지고 적극적으로 치료에 관여한다는 개념이다. 환자가 하루도 빠짐없이 약을 복용하는 것이 중요한 HIV 치료에서는 그 유무가 치료의 성패를 가른다고 해도 과언이 아니다.

"……그렇겠지."

"뭐가 그렇겠지야! 이건 패배야. 도통 병원을 찾으려고 하지 않은 환자의 나약함. 그리고 너의 치료 미스로 인한 패배야."

"환자가 바라는 게 단지 오래 사는 것만은 아니야, 후쿠하라."

"뭐야? 넌 조금 더 빨리 HIV일 가능성을 고려하지 않은 거야? 치료상의 반성할 점을 묻는 거야."

"HIV일 가능성은 염두에 두고 있었어."

키리코는 거침없이 말했다.

"……설마 알고도 방치한 거야?"

"방치하진 않았어. 단지 그 사람이 하고 싶은 대로 하게 두었지."

"하고 싶은 대로?"

"그의 희망대로 따랐어. 그는 치료를 바라지 않았거든."

작은, 하지만 날카로운 소리가 안뜰에 울려 퍼졌다. 후쿠하라
가 캔을 찌그러뜨린 소리였다.

"……또 사고 친 거야? 이 사신 자식!"

"난 이미 시치주지 사람이 아니야. 치료 방침에 대해 이러쿵저
러쿵 참견할 자격은 없어."

손가락으로 머리카락을 만지작거리는 키리코에게 후쿠하라가
버럭 소리를 질렀다.

"HIV는 본인만의 문제가 아니야. 감염이 확산될 가능성이 있
어. 실제로 그 사람이 구급차에 실려 온 곳은 유흥업소였어. 자
칫 잘못하면 감염이 확대됐을 거야! 그래도 넌 네 판단이 옳았다
는 거야?"

"옳은지 어떤지는 내가 판단할 수 없어."

"뭐?"

"결국 믿을 수밖에 없어. 인간은 본인의 의사에 맡겨두면 좋은
방향으로 나아간다고. 아무리 느리더라도, 아무리 실패하더라
도, 아무리 꼴사납더라도. 최종적으로는 좋은 쪽으로 나아간다고
말이야."

"시답잖은 소리는 집어치워. 성선설을 논하는 거야?"

"……그보다는 그 사람에게 좋은 방향이 무엇인지는 타인인 내

가 판단할 수 없다고 생각해. 어떤 의미에서는 자신에 대한 불신에서 기인한다고도 할 수 있지.”

땅바닥을 때리고 튕겨 올라오는 물방울을 곁눈으로 보면서 후쿠하라는 될 대로 되라는 식으로 말했다.

“그럼 이번에는? 환자는 HIV에 걸려 생활이 엉망진창이 된 끝에 죽었어. 그 사람은 무언가 좋은 쪽으로 나아갔어? 그 사람은 살면서 무언가를 얻을 수 있었어? 사람이 죽었어. 구원 같은 것이 조금이라도 있었냐고!”

키리코는 잠시 침묵한 뒤 중얼거렸다.

“희망은 어딘가에 있었을 거야. 발견했을지 어떨지 확인할 방법은 없지만.”

“그것도 네놈의 신조라는 거야? 난 그런 건 인정 못해. 확실히 너는 더 이상 시치주지 병원과는 관계없는 사람이야. 안심했어. 넌 우리 병원의 소중한 환자에게는 손을 대지 못하니까.”

얼마 동안 양쪽 다 아무 말도 하지 않았다. 계속해서 쏟아지는 빗소리만 듣고 있자니 귀 안쪽이 마비되는 것 같았다.

“……이만 갈게.”

키리코가 가만히 일어섰다.

“커피 고마워. 나중에 마실게.”

키리코는 가운 호주머니에 캔을 넣고 후쿠하라에게 등을 돌렸다. 후쿠하라는 후우 하고 한숨을 내쉬었다. 환자에 대해 더는 할 말이 없었지만 문득 눈에 들어와 불러 세웠다.

"야, 소매."

"응?"

"소매 안쪽 말이야. 진흙이 묻었어."

키리코는 후쿠하라가 가리킨 곳을 보고 끄덕였다.

"아아……."

"위생에는 신경 써. 너도 일단은 의사잖아."

"미안해. 여기로 오기 전에 죽은 달팽이를 묻어 주고 왔거든."

어리둥절한 후쿠하라는 내버려 두고, 키리코는 대충 흙을 털어 내고 걸음을 옮겼다.

안뜰을 나와 복도를 걸어 입구로 나왔다. 로터리를 돌아 도로로 걸음을 내딛었다. 키리코는 하얀 성을 나와 자신의 자리를 향해 걸었다. 억수같이 쏟아지는 빗속에서 혼자 우산도 쓰지 않고 그냥 젖도록 내버려 두며.

학생이 머리 위로 가방을 받치고 달려갔다. 우비를 입은 보호자와 아이가 손을 잡고 걸어갔다.

거리는 평소와 다름없이, 삶과 죽음을 집어삼키며 맥동하고 있었다.

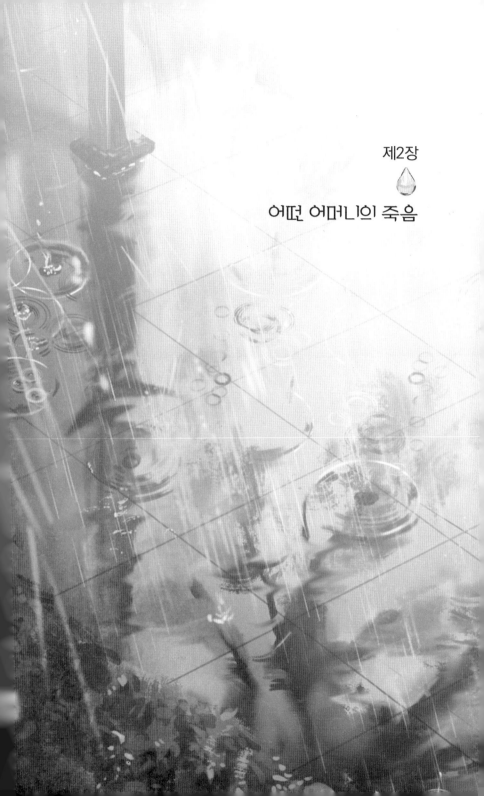

제2장

어떤 어머니의 죽음

키리코가 돌아왔을 무렵에는 벌써 해가 완전히 저문 뒤였다.

2층의 불빛은 이미 꺼져 있었다. 키리코 의원이라고 손으로 쓴 간판은 밖에서는 네모닌 회색으로밖에 보이지 않았다. 진구지도 이미 예전에 돌아갔을 것이라고 생각하며 걸어가고 있는데 빌딩 입구 부근에 누군가의 그림자가 보였다.

"어? 아직 안 갔어?"

"이제 퇴근하는 참이에요."

사복으로 갈아입은 진구지가 고개를 꾸벅 숙였다. 가장자리에 금색 레이스 장식이 달린 튜닉 블라우스와 검은색 플리츠스커트가 낡은 상가빌딩과는 지독하게 안 어울렸다.

"미조구치 씨, 돌아가셨다죠?"

"응."

키리코는 빌딩 우편함 앞에 서서 201호실이라고 적힌 우편함을 열었다. 녹슬어 삐걱거리는 소리가 울렸다. 안에는 대부분이 광고 전단지였다.

"기분이 어떠세요, 키리코 선생님?"

"기분이랄 게 뭐 있어."

"적어도 울적하진 않으신 것 같네요. 분하지도 않으시고."

"그 사람은 그 사람대로, 원하는 대로 살았어. 그 죽음을 내가 이러쿵저러쿵 따지고 싶지는 않아."

"키리코 선생님에게는 그런 거로군요……."

진구지가 어떤 대답을 기대하고 있는지는 몰랐고, 추측해 볼 마음도 없었다. 키리코는 말없이 전단지 뭉치를 들고 선별했다. 엽서 한 장만 빼내고 나머지는 공용 쓰레기통에 버렸다.

"키리코 선생님은 옛날부터 줄곧 그러셨어요? 환자를 대하는 태도는 변함이 없으신가요? 맨 처음 환자를 맡았던 때부터 줄곧……."

진구지는 핸드백 끈을 꽉 움켜쥔 채, 마음속을 탐색하듯이 이쪽을 보고 있었다. 맨 처음 맡았던 환자라. 키리코는 잠시 눈을 감았다가 대답했다.

"아마 그런 것 같아."

"그래요?"

"그럼 난 읽고 싶은 책이 있어서 가 볼게. 수고했어."

"잠깐만요. 드릴 말씀이 있어요."

대화를 마무리하고 계단을 올라가려는 키리코를 진구지가 붙잡았다.

"뭔데?"

"모르시는 것 같아서 다시 말씀드리는데, 키리코 의원을 개원한 뒤로 이미 반년이 지났어요. 찾아온 환자는 세 명뿐이고요. 그 HIV 환자, 찰과상 환자, 그리고 화상 환자. 총매출은 2천 엔 정도예요. 현재의 지출, 임대료와 키리코 선생님의 생활비를 고려하면 이 상태로는 상당히 위험해요."

어떻게 하실 생각이세요? 하고 묻고 싶은 듯 했지만 키리코는 짧게 대답했다.

"알았어."

키리코는 여전히 자기를 보고 있는 진구지를 남겨 두고 2층으로 올라갔다.

전등 스위치를 켜자 형광등이 하얀빛을 가득 뿌렸다. 절약하기 위해 광량을 최소로 줄이고 호주머니에서 알루미늄 캔을 꺼냈다. 후쿠하라가 사준 캔 커피였다. 나중에 마실게. 캔을 책꽂이 옆에 가만히 내려놓고, 이번에는 엽서를 들고 수납장으로 다가갔다. 그리고 세 번째 서랍을 열었다.

거기에는 문구들과 함께 치약 튜브 크기의 플라스틱 케이스가 들어 있었다. 들어 보면 보기보다는 무거웠다. 안에는 약제와 굵은 바늘이 들어 있기 때문이다. 아드레날린 자동주사기. 에피펜이라고 상표명이 인쇄되어 있는 그것을, 사용기한 만료를 알리는 엽서와 함께 책상 위에 놓았다.

에피펜에는 사용기한이 있다. 기한이 지나면 사용하지 않았더라도 반납하고 새것과 교환해야 한다. 진구지는 몰랐지만, 키리코에게는 시간의 흐름을 알리는 새가 정기적으로 찾아온다.

키리코는 주전자로 물을 끓이며 외국서적을 펼쳤다. 책갈피를 빼고 읽어 내려 갔지만 머리에 잘 들어오지 않았다. 이유를 자문하다 조금 전에 진구지가 한 말이 마음에 걸려서라고 깨달았다.

문득 책에서 눈을 떼고 멍하니 창밖을 보았다.

맨 처음 맡았던 환자라──.

주전자에서 소리가 나기 시작했다. 그 불규칙한 리듬과 침전한 응어리 같은 바깥의 어둠 사이에서 키리코는 고요히 생각에 잠겼다.

그녀의 모습은 지금도 선명하게 떠오른다.

그녀는 죽을 리가 없었다.

키리코가 어렸을 때는, 정신이 들고 보면 곧잘 병원에 입원해 있었다.

언제부터 여기 있었을까. 나는 언제부터 이러고 있었을까.

눈을 뜨면 바로 그렇게 생각했다. 하지만 이 시점에서 이미 어떤 예감이 있었다. 일어나서야 비로소 침대에 누워 있는 것을 깨달았다. 집에서는 이부자리를 펴고 자기 때문에 집일 리는 없었다. 바로 옆에 큼직한 창이 있었다. 커튼 사이로 푸르스름한 아침 해가 비치며 공기 중의 미세한 먼지가 스팽글처럼 반짝였다. 노래하듯 지저귀는 새소리가 아래쪽에서 들려왔다. 고층인 듯했다. 실내는 커튼으로 자잘하게 나뉘어 있었다. 다인실인 듯했다. 벽에 걸린 투박한 시계는 4시가 조금 못 미치는 곳을 가리키고 있었다.

아, 또야.

파란색과 흰색 줄무늬 파자마 밑으로 튀어나온 가늘고 하얀 자신의 팔을 보았다. 테이프로 하얀 거즈가 붙어 있고 그 밑으로 링거 튜브가 이어져 있었다. 링거 거치대 옆에 있는 의자에는 어머니가 피로에 찌든 얼굴로 앉아서 꾸벅꾸벅 졸고 있었다.

키리코는 어젯밤의 일을 떠올렸다. 조금 쌀쌀해서 여름 이불을 어깨까지 끌어 올린 직후였다. 조금씩 목이 가렵기 시작하더니 기침이 멈추지 않고 나오다 결국 기관지가 딱딱하게 수축하고 의식이 멀어져 갔다. 어머니가 방으로 뛰어 들어와 키리코를 안고 달려 나갔다. 아버지가 일어나 어딘가로 전화를 걸었고, 그러는 동안 괴로워하는 키리코의 손에 사탕을 하나 쥐여 주었다. 파랗고 불투명한 사이다맛 사탕이었다. 사탕을 입에 넣고 빨면 조금 진정이 되었지만, 이내 가슴 안쪽에서 발작이 치밀어 올랐다. 용암이 대지를 뚫고 분출하듯 기침이 뿜어져 나오며 사탕이 어딘가로 굴러갔다. 목소리가 들리고, 키리코에게 겉옷을 입혔다. 그리고 손을 잡아끌며 하얀 자동차에 태웠다. 그 이후의 기억은 없었다.

오늘도 초등학교에는 못 가겠네.

대단한 감상은 없었다. 왜냐면 키리코에게는 이것이 일상이었기 때문이다. 한숨을 내쉬고 키리코는 천장을 보며 똑바로 누웠다. 혼자서 조용히 시간을 보내는 데에는 익숙했다. 학교 천장과 똑같은 트래버틴 무늬를 멍하니 보았다. 이어져 있는 암초 같은 검은 얼룩을 경쾌하게 빠져 나가는 배를 상상했다. 배는 끝까지 가자 다시 반대쪽 끄트머리를 향해 달려 나갔다. 시계 초침이 희미하게 째깍째깍 울렸다.

"저녁에 다시 올게."

그런 말을 꿈결에 들은 느낌이 든다. 키리코는 어느새 병실에 혼자 남겨져 있었다. 처음에는 책꽂이에 있는 책을 읽거나 자동차 장난감을 가지고 놀았지만 머지않아 싫증이 났다. 키리코는 침대에서 내려와 슬리퍼를 신고 링거 거치대를 드르륵드르륵 밀며 걸음을 옮겼다.

규칙적으로 놓인 침대는 누군가가 쓰고 있는 것도 있고 비어 있는 것도 있었다. 환자들은 마치 기계의 일부처럼 수액을 달고 누워 있었다. 이 다인실은 여성용인 듯했다. 침대가 부족할 때 어린애라는 이유로 여성용 병실에 입원하는 경우가 자주 있는데,

역시 마음이 조금 편치 않았다. 아무와도 눈이 마주치지 않도록, 아무도 말을 걸지 않도록 고개를 숙이고 너스 스테이션 앞을 지나갔다. 소독약 냄새가 진동하는 복도 안쪽의 화장실로 들어갔다. 볼일을 보고 이번에는 자판기 코너로 가서 의미도 없이 진열된 주스와 깜빡이는 버튼을 보았다.

마지막으로 오락실 의자에 앉아 줄지어 있는 그림책 책등을 따분한 듯이 손가락으로 훑었다. 헤져서 너덜너덜했고, 손때인지 쓰레기인지 모를 더러운 얼룩이 묻어 있었다. 제목은 『딱딱산』.

"와, 오락실까지 있구나. 환자가 심심하지 않게 배려해 주는구나."

태평한 목소리에 키리코는 눈길을 들었다.

"이쪽이 자판기 코너예요."

"없는 게 없네. 역시 큰 병원은 다르네요."

간호사의 안내를 받으며 한 중년 여성이 원내를 둘러보는 중인 듯했다. 이번에 입원하는 아이의 어머니일까? 높고 활기찬 목소리가 귀에 거슬렸다. 한숨을 내쉬고 목소리가 들리는 방향과 반대로 몸을 돌렸다.

그때 우연히 손톱 끝이 그림책 표지에 닿으면서 흠집이 생겼다. 그것을 한동안 보고 있는 사이에 장난기가 발동했다. 키리코는 손을 크게 벌리고 표지에 손톱을 세워 다섯 손가락으로 휙 긁었다.

"어머, 얘, 너 뭐 하니!"

등 뒤에서 들리는 목소리에 키리코는 놀라서 펄쩍 뛰었다. 뒤돌아보니 그 아줌마가 싱글벙글 웃으면서 키리코를 내려다보고 있었다.

"다 봤어. 다 같이 보는 책에 장난을 치면 어쩌니? 어머나, 어떡해, 자국이 깊이 남았네."

아줌마는 이마 앞으로 흘러내린 검은 머리를 새끼손가락으로 부드럽게 쓸어 올리며 그림책을 꺼내 들고 표지를 가볍게 쓰다듬었다. 가까이서 보니 의외로 아름다운 사람이었다.

"이번에는 모른 척 해 줄게. 하지만 다음에 또 이러면 안 된다?"

집게손가락을 입에 대고 웃는 아줌마를 키리코는 말없이 보았다.

어째서 이런 시시한 장난을 하고 말았을까. 덕분에 참견하기 좋아하는 사람이 말을 걸어오고 말았다.

"죄송합니다."

키리코는 되도록 엮이고 싶지 않았으므로 얌전히 사과하며 가볍게 머리를 숙였다. 그리고 상대의 반응도 보지 않고 그림책을 옆구리에 끼고 슬리퍼를 직직 끌며 자기 침대로 돌아갔다.

커튼을 쳐 자신의 공간을 분리하고, 줄곧 끌어안고 있던 그림책을 시트 위에 툭 던졌다.

난 뭘 하고 있는 거지.

키리코는 한숨을 푹 내쉬고, 표지에 난 흠집을 멍하니 보았다. 이따금 표면을 쓰다듬으며 한동안 바라보았다.

4학년이 되면 이번에야말로 편한 담당을 고르고 싶다.

같은 반 유이와 달리, 카즈가 사육 담당이 된 것은 단순히 가위바위보에서 졌기 때문이었다. 굳이 말하자면 동물은 좋아하는 편이었지만 뒤치다꺼리가 끝날 때까지 집에 가지 못하는 것은 싫었다.

"카즈도 그렇게 생각하지?"

카즈는 놀라서 눈을 깜빡거렸다. 순간 급수기를 손에서 떨어뜨리고 말았다. 수도꼭지에서 나오는 물살에 밀려 원통형의 투명한 플라스틱이 수돗가에서 떠내려갔다.

"야, 뭘 멍하니 있는 거야? 내 얘기 듣고 있었어?"

유이가 '손을 씻읍시다'라고 적혀 있는 팻말 앞 근처에서 급수기를 잡아 주었다. 그리고 그것을 새로 씻었다. 카즈는 미안하다고 사과했다. 깨끗하게 닦은 다음 뚜껑을 닫고 물을 채우고서 두 사람은 교실로 걸음을 옮겼다.

"그러니까 모치오가 불쌍하니까 다른 케이지에 넣어 주는 게 좋을 거 같아."

유이는 마치 가족 부르듯 그 이름을 불렀다. 카즈는 반에서 키우는 햄스터 따위는 솔직히 아무래도 상관없었다. 더 큰 걱정거리가 있었기 때문이었다. 그러게, 하고 건성으로 대답하며 교실로 들어갔다. 창가에 놓인 케이지를 요시다와 몇몇 아이들이 둥글게 에워싸고 시끌시끌하게 떠들고 있었다. 바깥에서는 수업 시간에 키운 해바라기가 이쪽을 보고 있었다.

"뭐 하는 거야!"

유이가 헐레벌떡 달려갔다. 요시다가 가지고 있던 가느다란 나무 막대기를 빼앗더니, 어깨를 씩씩거리며 남자애들 앞을 막아섰다.

"햄스터를 괴롭히면 안 돼. 이걸로 뭘 한 거야!"

"아무것도 안 했어. 그냥 괴물 햄스터를 원래대로 만들어주려고 그랬지."

요시다와 아이들은 잘못한 기색도 없이 대답했다.

"막대기로 터트리면 나을지도 모르잖아."

"그럴 리가 없잖아. 장난감 취급하지 마."

괴물 햄스터는 모치오라고 이름을 지어준 수컷이다. 원래는 조금 통통하기는 해도 다른 햄스터들과 마찬가지로 귀엽게 생겼었지만 언제부턴가 오른쪽 눈가가 부풀어 오르면서 짓무르더니 매우 흉측한 모습으로 바뀌고 말았다. 다른 햄스터들도 언제나 거리를 두었고, 어린애들 눈에도 징그러워 보였다.

"모치오는 그냥 병에 걸린 거야. 괴물이라고 하지 마. 불쌍하잖아."

"그래도 기분 나쁘잖아."

요시다가 쏘아붙이듯이 말하자 케이지 안에서 모치오가 바스

락바스락 움직였다. 한쪽 눈이 불룩 튀어나온 얼굴은 옛날이야기
에 나오는 괴물 같았다.

"병원에 가면 나을 거야."

"선생님도 이렇게 되면 방법이 없다고 했잖아."

"하지만 큰 동물병원에 가서 치료 받으면 나을 거야!"

"그럼 얼른 가서 고쳐 달라고 하든가."

유이는 되받아치지 못하고 거의 울상이 돼서 요시다를 노려보
았다.

"그게 안 되면 내다 버리든가. 햄스터 같은 건 금방 살 수 있잖
아. 이 녀석은 보고 있으면 기분 나쁘단 말이야."

카즈는 그렇게까지 말할 필요는 없다고 생각했지만, 반의 중
심격인 요시다가 한번 노려보자 황급히 눈을 피하는 수밖에 없
었다.

"빨리 청소 끝내자, 카즈."

유이는 그렇게 말하고 요시다에게서 몸을 돌려 급수기를 설
치했다. 그리고 옆에서 비어 있는 케이지를 가져와 모치오를
옮겼다.

"카즈, 그쪽 잡고 있어."

무언가 작업을 할 때마다 요시다 패거리가 "우웩, 만졌어!" "그
냥 도망가게 놔둬!" 하고 소리를 질러댔다. 카즈는 등 뒤로 시선
을 느끼며 케이지를 잡고 유이가 하는 일을 지켜보기만 했다.

혼자 격리되어 왼쪽으로 비틀비틀 쏠리며 꾸물꾸물 기어가는

햄스터의 모습은 카즈가 보기에도 기괴했다. 이게 진짜 낫기는 할까. 도저히 유이처럼 기도하고 믿을 수는 없었다.

햄버그, 닭튀김, 스테이크. 식탁에는 맛있는 냄새로 가득했다. 하나같이 카즈가 좋아하는 것들이었다.

"맛있겠다."

"후훗. 엄마가 실력 발휘 좀 했지."

"그런데 이렇게 많이는 못 먹는데?"

"먹을 수 있는 만큼만 먹어. 남으면 통에 담아 두면 되니까. 엄마가 한동안은 만들어 주지 못하잖아?"

엄마는 기분이 좋았지만 카즈는 마음이 무거웠다. 식탁 위에 특별한 음식이 오를수록 오히려 내일부터 있을 일이 걱정되어 괴로워진다. 하지만 엄마를 기쁘게 해 주고 싶어서 끄덕였다. 같이 손을 모으고, 잘 먹겠습니다, 하고 기도했다. 카즈는 닭튀김을 집어서 한입 가득 넣었다. 바삭바삭한 튀김옷 밑에서 뜨거운 육즙이 터져 나와 자기도 모르게 후우후우 하며 숨을 내쉬었다.

그런 카즈를 가만히 보며 엄마가 물었다.

"학교는 어때?"

"응……, 그냥 그래."

건성으로 대답했다고 깨닫고 황급히 덧붙였다.

"재미있어."

"다행이네."

엄마는 기쁜 듯이 웃고, 자신의 접시에도 음식을 담았다. 하지만 먹지는 않고 카즈의 얼굴만 보고 있었다.

"……어떤 병원이었어? 오늘 보고 왔지?"

엄마는 카즈의 불안을 날려 주려고 그러는지 일부러 밝은 목소리로 대답했다.

"좋은 병원이었어. 전에 갔던 데보다 크고 깔끔하더라."

"그렇구나. 그럼 다행이고."

"아, 카즈랑 나이가 비슷한 애도 있었어."

"그래?"

카즈는 스테이크를 작게 잘라서 입에 넣었다. 좋은 고기인 줄은 알았지만, 지금 같은 기분에 단백질과 지방 덩어리는 너무 무거웠다. 이물질을 삼키듯 억지로 위로 밀어 넣고, 이어서 샐러드로 포크를 내밀었다.

"엄마가 입원해서 불안해?"

엄마가 조심스레 살피듯이 묻자 카즈는 솔직하게 고개를 숙였다.

"응……. 쓸쓸해."

"미안해. 조금만 참으면 돼. 금방 건강해져서 돌아올 테니까. 알았지?"

위로해 주면 어떻게 반응해야 좋을지 몰라 난감하다. 가장 힘든 사람은 엄마일 텐데. 카즈는 미간을 찡그리고, 드레싱도 뿌리지 않은 양상추 덩어리를 입안으로 욱여넣었다.

암.

카즈도 병명이 무엇인지는 들었다.

어떻게 그런 기분 나쁜 단어가 있을까. 어떻게 그런 기분 나쁜 글자가 있을까.

어려운 내용은 모르지만, 학교 보건실에 가는 이유——까진 상처나 빈혈과는 성질이 전혀 다른 병이라는 것 정도는 카즈도 알 수 있었다.

아랫입술이 파르르 떨렸다. 떨림을 억누르려고 이로 꽉 깨물었다. 고무 같은 느낌과, 아직 입에 남아 있는 스테이크의 핏기가 느껴졌다. 가만히 머리를 쓰다듬어 주는 엄마 손의 온기가 전해져 왔다.

세상이 멀어지며 순간 엄마와 카즈가 단둘이 부유하는 느낌이었다.

"괜찮은 거지? 이번에는 진짜로 낫는 거지?"

"당연하지!"

엄마는 망설임 없이 대답했다. 기운을 북돋아 주자 카즈도 살짝 웃었다.

그때 벨 소리가 식당에 울렸다.

"아, 아빠 왔다."

엄마가 자리에서 일어나 현관으로 갔다. 카즈도 황급히 포크를 내려놓고 일어났다.

"다녀오셨어요?"

카즈와 엄마는 현관 앞에서 아빠를 맞이했다.

"다녀왔어."

아빠는 평소와 다름없이 미간을 찡그리고 무뚝뚝하게 말하고, 엄마에게 가방과 재킷을 건네고 엄마가 내준 실내복으로 갈아입었다. 그리고 식탁으로 눈길을 던지자마자 언짢은 듯이 중얼거렸다.

"기름진 것밖에 없잖아. 오늘은 피곤해. 뭔가 좀 산뜻한 거 없어?"

엄마는 내일부터 입원해야 하는데 지금 꼭 그렇게 말할 필요는 없잖아. 카즈는 그렇게 생각했지만, 엄마는 싱글벙글하며 대답했다.

"그럼 초무침이라도 만들게."

하다못해 거들기라도 해야지. 카즈는 부엌으로 향한 엄마의 뒤를 따라가 냉장고에서 맥주를 꺼냈다. 특별한 일이 없는 한 아빠는 반드시 반주를 곁들인다.

"아, 카즈는 앉아 있어. 엄마가 할 테니까."

"아니야. 내가 할게."

맥주와 잔을 가지고 가도, 완성한 미역과 오이 초무침을 내가도 아빠는 낮은 목소리로 "오냐" 하고 말할 뿐이었다. 머리를 쓰다듬어 주지도 않고, 카즈의 학교 이야기를 들으려고도 하지 않았다. 물론 엄마에게 고맙다는 말도 하지 않았다.

아빠는 옛날부터 그랬고, 카즈도 아빠는 원래 그런 사람이라고 포기하고 있었다.

셋이서 저녁을 먹었다. 평소와 거의 다를 바 없는 풍경이었다. 하지만 달력에 표시된 빨간 동그라미가 마침내 입원일이 내일로 다가왔음을 알려 주고 있었다. 이 집에는 카즈와 아빠 둘만 남게 된다.

이튿날.

카즈가 아침을 다 먹기도 전에 아빠는 채비를 하고 나갔다. 카즈는 세수를 하고 리코더 가방을 잊지 않도록 쑤셔 넣고 책가방을 메고 돌아보았다. 현관에서 앞치마를 두른 엄마가 방긋 웃었다.

"조심해서 잘 다녀와."

평소와 똑같이 손을 흔들어주는 모습을 카즈는 눈에 단단히 새겼다. 현관 매트. 가지런한 구두. 선반 위에 놓인 소처럼 생긴 장식물. 카즈가 만든 종이학. 우산꽂이. 그리고——엄마.

이렇게 손을 흔들어 주는 모습은 당분간 기대할 수 없다.

"학교 다녀오겠습니다."

한참을 보다가 카즈는 인사했다.

"미안해, 조금 따끔할 거야."

미안해하는 마음이 있다고는 도저히 생각할 수 없는 손놀림으로 바늘을 밀어 넣었다. 손등에 쇠바늘이 박힌다니 생각만 해도 소름이 돋을 것 같지만, 매번 무서워해 봐야 피곤하기만 할 뿐이다. 키리코는 포기의 경지에 도달해, 빨간 액체가 투명한 튜브 안에서 춤추는 것을 멀뚱히 보았다.

"됐다. 들어갔어. 다행이다."

젊은 간호사는 안도한 듯이 웃으며 이마의 땀을 닦았다. 키리코도 마찬가지였다. 오른팔에서 두 번이나 시도했지만 혈관에 잘 안 들어갔고, 왼팔에서도 마찬가지였다. 결국 손등에 링거 튜브를 달게 되었다. 지긋지긋했다.

"혈관이 가늘어서 잘 안 보여서 그래. 미안해."

키리코는 말없이 고개를 가로저었다.

그런 말을 들어 봐야 몸에 불량품이라는 낙인이 찍힌 기분만 들 뿐이다. 그래도 악의가 없다는 사실 정도는 안다. 그래서 아무 말도 하지 않았다.

간호사는 그런 키리코를 기특하게 보았지만, 이내 다음 환자에게로 넘어갔다. 병원 직원들은 모두 언제나 바빠 보인다.

높이 매달린 투명한 링거병 안에 투명한 액체가 똑, 똑 떨어졌다. 그때마다 수면이 살짝 흔들리고 이따금 작은 기포가 안쪽에 들러붙었다.

저건 뭘까. 몸속에 무얼 넣고 있는 걸까. 저걸 넣지 않으면 살 수 없다면 나는 어째서 살아 있는 걸까.

바늘을 찌른 주변의 피부가 발딱발딱 떨리는 것이 느껴졌다. 심장이 혈액을 온몸으로 내보낸다. 내 몸은 살려고 하고 있다.

왜 그렇게 애쓰는 거야.

키리코는 자신의 몸에 가만히 물어 보았지만 당연히 대답은 돌아오지 않았다.

문득 정신을 차리자 커튼 너머에 한 여자가 서 있었다. 약간 조심스럽게 이쪽을 살펴보고 있었다. 키리코와 마찬가지로 연푸른색 환자복을 입고 있으니 간호사는 아니고 환자였다.

눈이 마주치자 상대가 웃었다.

"안녕? 옆 침대에 새로 왔어. 인사나 좀 하려고."

"아…… 네."

몸을 일으키고 흠칫 놀랐다. 상대도 알아챈 듯했다. 눈이 반짝거리며 장난스럽게 웃었다.

"앗, 장난꾸러기 꼬마구나."

어제 그림책에 흠집을 냈다고 야단친 아줌마였다. 아줌마네 가족이 아니라 본인이 입원하는 거였구나.

"내 이름은 에리야. 잘 부탁해. 아하, 넌 키리코라고 하는구나."

아줌마는 조심스러운 태도를 거두고 멋대로 키리코의 이름표를 읽으며 고개를 끄덕끄덕했다. 키리코는 어린애라는 이유로 다짜고짜 불쑥 쳐들어오는 이런 어른이 불편했다.

"안녕하세요, 에리 아줌마. 그럼."

모나지 않게 대화를 끊으려고 했으나 에리는 태평하게 웃었다.

"아줌마한테도 너만 한 아들이 있어. 키리코는 몇 학년이야?"

"4학년이오."

"그럼 우리 카즈보다 한 살 형이구나. 놀러 오면 친구가 되어 줄래?"

"네."

여기가 어디라고 생각하는 걸까. 병원이라고. 이상한 느낌이었다. 어제도 그랬는데, 에리 아줌마에게서는 환자 특유의 비장함이 느껴지지 않았다. 아직 병에 걸린 지 얼마 안 되어서일까, 아니면 큰 병이 아니라서일까.

"그럼 앞으로 같이 투병 생활 열심히 해 보자!"

그렇지 않으면 이런 말을 할 수 있을 리가 없다. 열심히 노력한들 어쩌지 못하는 것이 병이니까.

에리는 키리코의 싸늘한 눈길을 알아채지 못하고, 옆 침대에도 인사하러 갔다. 환자끼리 친해져 봐야 아무런 의미도 없는데 어째서 그러는 걸까. 도무지 이해가 되지 않는다.

하지만 나와는 상관없는 일이다.

키리코는 옆에서 책을 꺼내 문장을 눈으로 좇았다.

카즈는 아무도 없는 집 현관에 책가방을 내던지고 곧바로 자전

거에 올라탔다. 있는 힘껏 페달을 밟아 가파른 언덕을 올라갔다. 둑으로 나와 방향을 바꿔 해안을 따라 이어진 길을 똑바로 달렸다. 장마가 끝나고 여름 태양이 쨍쨍 내리쬐고 있었다. 신발을 벗고 모래톱을 걷는 아이들의 모습과, 밀려왔다가 되돌아가는 푸른 파도가 보였다. 온몸이 땀에 흠뻑 젖을 무렵, 왼쪽에 길게 이어져 있는 방풍림이 갑자기 뚝 끊어지고 새하얀 건물이 모습을 드러냈다.

하마우미 병원이다.

타일이 깔린 자전거 보관소로 들어가 자동문을 지났다. 특유의 냄새가 나는 서늘한 바람이 카즈의 피부를 훑고 지나가고, 낡은 형광등이 깜빡거렸다. 바깥 날씨는 화창한데 이곳은 이상하게 어둑했다. 접수 사무원이 순간 이쪽으로 눈길을 주었지만, 카즈는 곧바로 계단으로 접어들어 두 계단씩 단숨에 올라갔다.

"엄마."

"카즈 왔구나."

커튼을 열자 텔레비전을 보고 있던 엄마가 돌아보았다. 너무 기뻐서 입꼬리가 절로 귀에 걸렸다. 카즈는 가까이 달려가며 물었다.

"몸은 어때?"

"응. 괜찮아."

생각보다 좋아 보였다. 피부의 혈색도 좋고 목소리에도 힘이 있었다. 카즈는 링거 바늘을 건드리지 않도록 조심하며 엄마에게 안겼다. 그리운 냄새, 그리운 온기. 엄마가 가만히 머리를 쓰다듬어주었다. 한참을 응석 부리다 고개를 들었다.

"나 여기서 숙제해도 돼?"

엄마는 쿡쿡 웃었다.

"평소에는 하라고 잔소리해도 안 하면서 오늘은 무슨 바람이 불었을까?"

"나도 가끔은 안 시켜도 한다 뭐."

카즈는 사실은 조금이라도 엄마 곁에 있고 싶어서였지만, 살짝 쑥스러워서 그렇게 대답했다.

한자 연습책과 양철 필통을 침대 테이블에 펼쳐 놓고 한자 연습을 했다. 삐뚤빼뚤하게 글자를 되풀이하며 적어가는 카즈를 엄마는 미소 지으며 지켜보았다.

"학교는 어때?"

"다들 여름방학 때 뭐 할 건지, 그런 얘기밖에 안 해."

카즈는 연필심 때문에 더러워진 팔을 신경 쓰며 말했다.

"그렇구나. 그러고 보니 이제 곧 종업식이네?"

"가족이랑 유럽에 간다고 벌써부터 쉬는 애도 있어."

"그래? 좋겠다."

"응……."

숙제로 내주지도 않은 페이지까지 한자 연습책을 채우고, 엄마가 꺼내준 과자와 주스를 먹으며 이야기하다 보니 순식간에 시간이 흘러갔다. 문득 엄마가 입을 열었다.

"카즈도 어디 가고 싶은 곳 있어?"

흠칫 놀라 엄마의 얼굴을 보았다. 무슨 뜻으로 그렇게 묻는지 알 수가 없었다.

"당장은 힘들지만 퇴원하면 다 같이 여행 가자."

카즈는 조심조심 물었다.

"……그래도 돼?"

"당연하지."

"하지만 엄마는…… 아파서…….."

언제나 그것이 이유였다. 몸이 아파서, 입원해야 하니까. 카즈는 부모님과 함께 어딘가 가 본 적이 거의 없었다. 기억나는 것은 고작해야 백화점에 쇼핑하러 가는 정도라, 놀러 가거나 1박 여행 같은 것은 다른 세계 이야기라고 생각했다. 그래도 참았다. 요즘에는 기대조차 하지 않게 되었다.

왜냐하면 엄마가 건강해지는 것이 가장 중요하니까.

불안해 보이는 카즈에게 엄마는 방긋 웃어 보였다.

"괜찮아. 금방 나을 거니까. 엄마도 카즈랑 같이 놀러 가고 싶다. 어디가 좋을까?"

카즈는 무심코 몸을 내밀었다.

"그럼 놀이공원은?"

대답을 기다리는 동안 두근두근했다.

카즈에게 놀이공원은 꿈의 장소였다. 얘기를 들어 보면 무척 즐거운 곳인 듯했다. 반 친구들이 자랑하려고 학교에 가지고 오는 기념품 펜까지도 마치 마법 같았다. 두 가지 색깔의 빛이 나오며 풍차가 빙글빙글 돌아갔다. 아빠는 그런 싸구려 펜보다 좋은 연필이 훨씬 더 가치가 있다고 말했지만 카즈의 귀에는 들어오지 않았다.

자신은 평생 놀이공원과는 인연이 없을 것이다. 하는 수 없으니 멀리서 보고 있어야지. 친구들의 펜을 이따금 만져 보는 것만으로 만족하자. 그렇게 생각하고 있을 때 느닷없이 엄마가 이야기를 꺼냈다. 정말로 괜찮을까. 안 되면 그만이지. 어차피 난 이미 포기했으니까…….

"재밌겠다. 그럼 놀이공원 갈까?"

엄마는 선뜻 대답했다.

"좋아. 이번 여름에는 꼭 나아서 놀이공원에 가자. 약속할게. 놀이공원이라니, 얼마 만인지 모르겠다."

"엄마는 가본 적 있어?"

"아주 옛날에. 츠나 놀이공원에 또 가고 싶다. 아빠한테도 다음에 얘기해 볼게. 좋아, 그날을 위해서라도 힘내야지."

아무래도 정말로 갈 수 있나 보다.

가슴속 깊은 곳에서 기쁨이 몽글몽글 피어오르더니 순식간에 온몸으로 화악 퍼졌다.

"신난다!"

있는 힘껏 소리 지르고 뛰어오른 다음에야 이곳이 병원이라는 사실이 떠올랐다. 큰일 났다. 놀라서 옆 침대를 보자 책을 읽고 있는 남자애가 이쪽을 슬쩍 노려본 것 같았다.

"소란스럽게 해서 미안해."

엄마가 미안해하며 사과했다.

"괜찮아요."

소년은 나직하게 말하고 등을 돌렸다. 카즈는 그 아이를 멍하니 보았다. 자기와 나이가 비슷해 보였다. 피부는 희고 앙상하게 말라서 딱 봐도 어딘가 아파 보였다.

저 아이는 놀이공원에 가 본 적이 있을까.

순간 그런 생각이 스쳤다. 하지만 엄마와 다시 이야기를 나누는 사이에 그런 것은 아무래도 상관이 없어졌다. 머릿속이 놀이공원으로 가득했기 때문이다.

병실을 나와 저녁놀 진 하늘 아래를 자전거로 달리는 동안에도 카즈는 자신이 엄마와 함께 놀이공원에서 노는 모습만 떠올렸다. 상상 속에서 엄마는 활기차고 건강했다. 빈혈을 일으키지도 않았고, 갑자기 쓰러지지도 않았다. 병원 같은 곳에는 가지 않아도 되었다.

놀이공원보다도 그런 엄마의 모습이 기뻤다.

간신히 옆자리의 손님이 돌아가자 병실이 조용해졌다. 키리코는 침대에 앉은 채 멍하니 창밖을 보았다.

반짝반짝 빛나는 모래톱에 파도가 끝도 없이 밀려왔다가 밀려갔다. 소년이 탄 자전거 한 대가 해변 도로를 따라 멀어져 갔다. 끝도 없이 이어진 새털구름 아래, 붉은색에서 보라색으로 바뀌어 가는 빛을 받으며 미끄러지듯이 달려갔다. 유리 한 장 너머의 풍경은 영화 스크린 같았다. 괜히 더 서정적이고 아름답고, 그리고 무서울 만큼 현실감이 없었다.

손이 닿지 않는 현실은 픽션과 다를 게 없다. 그것이 반대편에 있는 사람에게는 아무리 대수로울 것 없는 일상이라 하더라도.

키리코는 두세 번 기침을 했다. 목 안쪽이 간지럽고 열이 났다. 숨을 들이마시려고 할 때마다 쉬익쉬익 소리가 났다. 산소가 들어오지 않아서 기관지가 비명을 지르는 것이다. 달리면 10미터도 가기 전에 쓰러질 것이다.

문득 옆 침대로 눈길을 돌렸다. 누워 있는 에리와 눈이 마주쳤다.

"시끄러웠지? 미안해."

그 목소리에는 피로감이 진하게 배어 있었다.

"아뇨."

키리코는 대답했다. 에리가 옆 침대로 온 뒤부터 지난 며칠 동안 인사 이외의 대화를 나눠본 적은 없었다. 에리가 말을 붙여도 의도적으로 피했기 때문이다. 하지만 오늘은 일부러 키리코가 먼저 물었다.

"놀이공원에 가자고 약속한 건 아들을 위해서예요?"

에리는 깜짝 놀랐다.

"아들이 불쌍하니까 그렇게 밝게, 아무 일도 아닌 것처럼 행동하는 거예요?"

에리는 난감한 듯이 미소만 짓고 대답하지 않았다. 얼마 동안 침묵만 흘렀다. 두 사람 사이에 떠도는 먼지가 마치 다이아몬드처럼 반짝거렸다.

"마음을 이해 못하는 건 아니지만 안 그러는 게 좋아요."

키리코는 고개를 숙인 채 생각하는 대로 말을 이었다.

"아이는 어른들이 생각하는 것만큼 바보가 아니거든요. 거짓말을 하거나 일시적으로 눈가림을 해 봐야 언젠가는 들통나요. 그때 상처 받는 사람은 아이거든요."

"내가 거짓말하는 것처럼 보였어?"

에리가 묻자 키리코는 끄덕였다.

"실제로 했잖아요. 꼭 낫는다든가, 약속이라든가. 그런 건 불가능해요. 사람은 그런 생물이 아니니까요."

"하지만 나도 키리코도 낫기 위해서 병원에 있는 거잖아?"

"아니에요. 아줌마는 아직 잘 모르는지도 모르지만, 낫는 사람은 극히 일부예요. 이곳은 낫기 위한 곳이 아니에요."

"그럼 뭐 하는 곳인데?"

"그러니까 눈가림이에요. 여기 자체가 거짓말과 눈가림이에요."

이야기를 하는 사이에 키리코의 말투는 점점 더 싸늘해져 갔다. 자기도 그것을 알고는 있었지만 억누를 수는 없었다.

"그러기 위한 곳이에요. 그걸 알면서도 있어야 하는 곳이에요. 의사의 말을 곧이곧대로 믿으면 배신이 기다리고 있을 뿐이에요."

——나처럼.

마음속에서 들려온 소리에 키리코는 깜짝 놀라 눈이 동그래졌다. 그리고 한숨을 크게 내쉬었다. 나는 뭘 하고 있는 걸까.

"죄송해요. 아무것도 아니에요."

"넌 의사나 병원이 싫구나?"

"네, 너무 싫어요."

내뱉듯이 말하는 키리코에게 에리는 지극히 다정하게 물었다.

"넌 무슨 병 때문에 왔어?"

"알레르기요."

잠깐 뜸을 들였다가 덧붙였다.

"내 몸은 이 세상 자체를 싫어해요."

집으로 돌아온 카즈는 가장 먼저 집안일부터 했다.

세탁기에 세제를 넣고 시작 버튼을 누르고, 욕조 마개를 뽑고, 집안을 돌아다니며 쓰레기를 비닐봉지에 모아 묶어서 뒷마당에 내놓는다.

쓰레기 버리는 날은 화요일이니까 잊지 말아야지. 아, 슬슬 욕조 물이 다 빠졌을 텐데. 스펀지를 꺼내 욕조를 닦았다. 아빠가 돌아오기 전까지 욕실을 바로 쓸 수 있게 준비해 놔야 한다.

괜찮은 속도로 일이 척척 진행되자 성취감이 밀려왔다.

맨 처음 집안일을 한 것은 4년 전, 엄마가 처음으로 검사 받기 위해 입원했을 때였다. 그때는 할머니가 도와주러 왔기 때문에 카즈는 쓰레기만 모아서 버렸는데, 조금씩 여러 가지 집안일을 배우고 익히면서 뭐든지 할 수 있게 되었다.

엄마는 해마다 몇 번이나 입원한다. 오래 걸릴 때는 두 달, 짧아도 1주일. 극단적으로 나빠지지는 않지만 그렇다고 낫지도 않는 상태가 줄곧 이어져 왔다. 외롭지 않다고 하면 거짓말이다.

친구네 엄마는 언제나 집에 있다. 같이 캐치볼을 하고 놀아 주는 엄마도 있다. 엄마가 입원해 있는 사람은, 물어본 바로는 반에서 카즈 혼자뿐이었다.

엄마는 언제나 곧 나을 거라며 입원한다. 하지만 퇴원해도 조금 지나면 다시 원상태로 되돌아간다. 의사는 뭘 하는 걸까. 병을 고쳐주는 사람이 의사인데, 제대로 일하고 있는 걸까. 걱정이 돼서 견딜 수가 없었지만, 웃음을 잃지 않고 병원으로 가는 엄마의 모습을 보면 그런 말은 나오지 않았다. 카즈는 언제나 혼자서 불안을 곱씹어야 한다.

정신을 차리니 손이 멈춰 있었다.

카즈는 다시 손에 힘을 주고 욕조 안쪽을 문질러 닦았다. 들려오는 세탁기 소리로 슬슬 탈수가 시작되었음을 알았다. 나머지는 건조기에 넣고 말리기만 하면 된다. 순조로웠다. 자기가 생각해도 집안일에 능숙해졌다고 느꼈지만, 한편으로는 무척 허탈하기도 했다.

스펀지를 타일 바닥에 탁 내던졌다.

약해지지 마. 놀이공원에 가기로 약속했잖아. 엄마가 가장 힘들 텐데 내가 이러면 안 돼. 힘내야 해.

카즈는 필사적으로 스스로를 다독이고, 욕조의 거품을 샤워기로 씻어냈다.

"알레르기는 참마를 먹으면 입가가 가려워진다든가 하는 거지?"

"네."

"넌 뭐에 알레르기가 있는데?"

키리코는 선뜻 입을 열지 못하고 고개를 숙였다. 제대로 설명하려고 하면 이야기가 길어진다. 이해 받지 못하면 슬퍼진다. 반대로 이해해 주더라도 이상한 연민만 보이는 것이 싫었다.

"여러 가지요."

"여러 가지라면, 예를 들어 뭐가 있어?"

"음식이라든가."

"구체적으로 어떤 음식인데?"

키리코는 짧게 대답하며 대충 얼버무리려고 했는데 에리는 물러서지 않고 끈질기게 물었다. 하는 수 없다. 먼저 말을 꺼낸 사람은 나니까. 키리코는 포기하고 에리 쪽으로 돌아앉았다.

"떠오르는 것은 거의 전부요. 소고기, 돼지고기, 닭고기, 곡물 중에서는 쌀, 콩, 밀, 그리고 달걀이랑 우유, 오렌지, 사과, 바나나, 복숭아……."

이쯤 되니 에리도 놀라서 펄쩍 뛰었다.

"그렇게나 많아?"

"전부 다 먹으면 치명적인 건 아니지만요. 어떤 건 위험하고, 어떤 건 피하는 게 좋다고 정해져 있어요."

"그러면 밥도 제대로 먹을 수가 없잖아."

"맞아요."

키리코는 한숨을 내쉬었다.

"내가 먹을 수 있는 건 개구리고기라든가 옥수수빵 정도예요. 간식은 젤리나 한천 같은 거고요. 스테이크나 닭튀김이나 슈크림 같은 것들은…… 맛있나 보더라고요."

"그럼 급식은 어떻게 하니?"

"도시락이오. 친구네 집에 놀러 갈 때도 나만 간식을 싸가요. 어쩔 수 없죠. 풀만 먹는 동물과 고기만 먹는 동물이 있는 것처럼 내가 먹을 수 있는 건 다른 애들이랑 다르니까요. 게다가 음식에만 알레르기가 있는 게 아니에요. 진드기나 집먼지, 동물 털 같은 거에도 있어요."

"집먼지가 뭔데?"

"우리 주변에 떠다니는 먼지요."

키리코는 병실 안을 떠다니는 반짝거리는 알갱이를 눈으로 멀뚱히 좇았다.

"이번에 입원한 원인도 집먼지 때문이에요. 평범하게 이불 속에서 자고 있었을 뿐인데 나도 모르는 사이에 먼지를 잔뜩 마셨나 봐요. 정신이 들었을 때는 발작이 일어나 있었어요. 목구멍 안쪽, 기관지 안쪽이 부어서 딱딱해져요. 심하면 그대로 질식해서 죽는대요. 스스로 자기 목을 조르다니, 말도 안 되지 않아요?"

아나필락시스 쇼크 직전이었다고는 일부러 말하지 않았다. 어른들은 자기가 모르는 단어를 어린애가 쓰면 싫어하니까.

"발작이 언제 일어날지는 몰라요. 그날의 몸 상태에 따라 달라지는 걸까요? 아무렇지 않을 때도 있고 큰일 날 때도 있어요. 동물도, 강아지를 쓰다듬어도 아무렇지 않을 때도 있는가 하면, 동물원의 체험 코너에서 기니피그를 만지고 나서 흰자위가 부어오른 적도 있어요."

이런 식으로요, 하고 키리코는 자신의 안구 앞에서 주먹을 쥐어 보였다.

"아마 동물을 만진 손으로 눈을 비빈 게 문제였던 것 같아요.

새하얘진 시야 한쪽에서 다른 애들이 날 보고 무서워하던 게 좀 볼만하더라고요. 스스로는 무슨 일이 일어났는지 몰랐거든요."

지금도 그 광경이 선명하게 기억난다. 싫은 기억이었지만 되도록 담담하게 말했다. 슬픈 모습을 보여 봐야 아무런 의미도 없다.

말을 잇지 못하는 에리에게 키리코는 계속 덧붙였다.

"또 있어요."

"또 있어?"

앵무새처럼 자기 말을 따라 하는 에리에게 고개를 끄덕이며 말했다.

"알레르기가 새로 늘어나기도 해요. 달걀이 그래요. 두 살까지는 아무렇지 않았는데 어느 날 갑자기 습진이 생기기 시작했어요."

"왜 그런 건데?"

"몰라요. 무슨 이유로 알레르기가 되는지 아직 분명하게는 몰라요. 알 수 있는 건, 내가 그런 게 잘 생기는 체질이라는 것뿐이에요."

에리는 비통한 표정을 짓고 있었다.

"그럼 뭔가 좋아하는 음식이 있어도 어느 날 갑자기 못 먹게 되기도 해?"

아, 그렇구나. 키리코는 작게 끄덕였다. 그건 평범한 사람들한 테는 아주 신기한 일이구나.

"자주 있는 일이에요. 요즘에는 되도록 무언가를 좋아하거나 즐기지 않으려고 하고 있어요. 아니다, 무의식적으로 안 그러게 된 건가?"

"그건 너무 잔인하잖아!"

키리코는 한숨을 푹 내쉬었다. 선의에서 나온 말인 줄은 안다. 하지만 동정해 준다고 낫는 것도 아니다.

"그게 현실이니까 어쩔 수 없어요."

팔을 휙 들어 보였다. 손에 연결된 튜브가 공중에서 반짝 빛났다. 어느새 바깥은 완전히 어두워져 있었다. 달빛이 비쳐 들었다.

"이런 수액도 솔직히 말하면 눈가림일 뿐이에요. 의사도 발작이 일어날 때마다 억눌러 주기는 하지만, 체질 자체를 고쳐 주지는 못해요. 그런데도 그 사람들은 꼭 나을 거니까 힘내자고 해요."

에리가 눈을 깜빡거리며 키리코를 보았다.

"아주 잠깐 좋아진다고 해서 뭐가 달라진다고. 상태를 본다면서 영양제 수액을 놔 주면 내가 기뻐할 줄 아는 걸까요? 난 내 몸 자체를 버리지 않는 한 건강해질 수 없는데."

에리가 이를 꽉 깨무는 소리가 났다.

"나는 눈가림이 너무 싫어요. 그걸 강요하는 의사도, 병원도요."

"그럼 넌 왜 여기 있어?"

"포기했거든요."

창밖으로 둥실 떠 있는 하얀 달을 보았다.

"어차피 안 낫는다면 어른들이 시키는 대로 따르는 게 낫잖아요? 그러면 의사는 자기가 일을 제대로 하는 줄 알 테고, 부모님도 일단은 안심하니까요. 큰소리 내면서 싸우는 것보다 피곤하지도 않고요. 나 혼자만 참으면 다 잘 돌아가거든요."

"하지만 그러면⋯⋯ 힘들지 않아? 괴롭지 않아?"

키리코는 에리를 똑바로 보았다.

"그러니까 맨 처음 했던 얘기로 다시 돌아가는데, 꼭 낫는다는 말은 확증도 없으니까 안 하는 게 좋아요. 특히 그 말이 눈가림이라고 알아채지 못하는 어린애한테는요. 어설픈 희망을 심어주는 것보다 같이 포기하는 게 훨씬 마음이 편하니까요."

넓은 거실에서 카즈는 혼자 커다란 텔레비전을 보고 있었다.

카즈는 채널을 몇 번 돌려보다 한숨을 푹 내쉬고 리모컨 버튼을 눌렀다. 틱 소리가 나며 전원이 꺼졌다.

혼자 봐도 재미도 없고 쓸쓸한 마음만 커질 뿐이었다. 하지만 달리 할 일도 없었다. 숙제도 이미 다 끝났다. 카즈는 외로움과 심심함을 주체하지 못했다.

그때 인터폰이 울리고 자갈을 밟는 발소리가 들렸다. 아빠가 돌아왔다. 카즈는 무심코 일어나 신나서 현관으로 달려갔다. 단순히 혼자 있지 않아도 된다는 점이 기뻤다.

"다녀오셨어요, 아빠."

하지만 그 마음은 문이 열리자마자, 상대의 얼굴을 보고 축 시들었다.

"그래."

아빠는 미간을 찡그리고 고개를 숙이며 꺼내려던 열쇠를 말없이 호주머니에 도로 넣었다. 그러고는 집안으로 들어오자마자 크고 무거워 보이는 가방과 비닐봉투를 바닥에 툭 내려놓고, 깊은 한숨을 푹 내쉬면서 재킷을 벗어 옷걸이에 걸었다.

도저히 같이 논다든가 어리광부릴 수 있는 분위기가 아니었다. 카즈는 자신의 마음을 억누르고, 아빠의 가방을 방 안으로 옮기는 데에 전념했다. 그래, 아빠는 이런 사람이었지.

언제나 피로에 절어 있고, 언제나 말이 없고, 언제나 언짢은 표정으로 이쪽을 본다. 카즈는 그럴 때 얌전히 움츠리고 아빠를 자극하지 않도록 조심하는 것 외에 어떻게 해야 좋을지 몰랐다.

옛날에는 이따금 기분이 좋을 때가 있어서 놀아 준 적도 있었던 것 같지만 지난 몇 년 동안은 그런 기억이 전혀 없었다.

"목욕 준비는 돼 있냐?"

"응."

"알았다."

아빠는 양말과 셔츠를 벗어 바닥에 휙 던졌다. 카즈는 땀에 젖은 그것을 주워 세탁기로 가져갔다. 욕실에서 아빠가 욕조에 몸을 담그는 소리가 들렸다. 숨을 깊이 내쉬는 소리도.

카즈는 현관에 방치되어 있는 비닐봉투를 벌렸다. 안에는 도시락과 반찬이 몇 가지 들어 있었다. 도시락 중에서 두 개를 식탁 위에 차리고 옆에 젓가락을 놓은 뒤, 나머지는 냉장고에 넣었다. 아빠가 사 온 음식이다. 감사해야 한다고 생각하면서도, 엄마가 직접 만들어 주는 음식에 비하면 역시 차갑게 느껴지는 것을 부정할 수 없었다.

그렇다. 두 사람의 생활은 이런 느낌이었다.

사람 하나가 빠진 것만으로 이 집은 큰 톱니바퀴를 잃은 것 같았다. 두 사람 사이에는 언제나 근거도 모를 긴장감이 가득했다. 이따금 할머니가 와 주고는 했는데, 카즈에게는 그런 날이 유일한 구원이었다.

아빠가 욕실에서 나오기를 기다렸다가, 호화롭지만 아무런 맛이 느껴지지 않는 도시락 뚜껑을 열고 둘이서 우물우물 먹었다. 대화는 거의 하지 않았다. 간장을 달라는 정도의 말이 전부였다.

다 먹으면 각자 이를 닦고 잠자리를 준비하고 잔다.

그것이 엄마가 없는 카즈네 집의 저녁이었다.

"넌 잘못 생각하고 있어."

에리는 딱 잘라 말했다.

"그런 식으로 포기하면 왜 살아 있는지 알 수가 없잖아."

성가시게 됐다. 키리코는 얼굴을 찡그렸다. 그런 논쟁을 하고 싶었던 게 아닌데.

"실제로 그래요. 난 언제 죽어도 상관없어요."

담박하게 대답한 키리코를 보고 에리는 조금 당황한 듯했다.

얼마 동안 머뭇거리다 힘겹게 목소리를 짜냈다.

"그럼 사람은 왜 태어나는데? 넌 왜 태어났어?"

나도 그것을 모르겠다.

질문을 받으면 난감해진다.

나는 왜 이런 세상에 태어났을까. 그렇잖아. 소고기, 돼지고기, 닭고기, 쌀, 콩, 밀, 달걀, 오렌지, 사과, 바나나, 복숭아…… 내 몸은 그 모든 것을 다 싫어한다. 이불도 싫어하고 동물도 받아들이지 않는다. 만지기만 해도 목을 졸라 죽고 싶어질 만큼 싫어한다.

나는 어째서 좋아하지도 않는 세상에 일부러 찾아온 걸까.

"아마 실수였을 거예요."

안타까운 결론이기는 하지만 키리코는 지금 생각할 수 있는 가장 합리적인 해답을 말했다.

"나는 태어나면 안 됐던 거예요. 그냥 그런 거였어요."

인간이 몇십억 명씩 태어나면 그중에 몇 퍼센트는 실수가 생길 것이다. 키리코 슈지는 실패작이었다. 그러니 콘크리트 벽 안쪽에 갇혀도 어쩔 수 없다.

"정말로 그렇게 생각해?"

에리의 목소리가 떨렸다.

"넌 그래도 괜찮아?"

화가 난 것 같았지만 키리코가 거기에 맞춰 줄 이유는 없었다.

"괜찮아요. 딱 알 수 있으니까요. 어른들이 말하는 눈가림 같은 말보다도 나한테는 훨씬 소중한 진실이거든요."

"역시 넌 단단히 잘못 생각하고 있어."

에리는 기가 차서 말했다.

"그리고 잘못 생각하고 있단 걸 스스로도 깨닫지 못하고 있어. 내가 가르쳐 줄게. 넌 아직 포기하지 않았어. 포기하고 싶을 만큼 탈진해 있지만 그 정도까지는 체념하지 못했어. 그래서 열심히 싸우는 내가 부럽고 화가 나서 나한테 투덜대고 싶어진 거야. 그렇지?"

노골적으로 도발하는 말투는 아무리 키리코라도 발끈하게 만들었다.

"애당초 의사가 병을 못 고친다고 포기하다니. 근성이 너무 없구나. 그런 게 아니잖아? 낫는다는 결과는 스스로 가져오는 거야. 기다리고 있으면 어른이 가져다줄 거라고 생각하는 시점에서 넌 역시 어린애야."

에리를 노려보았지만 상대는 키리코가 화를 내도 콧방귀도 뀌지 않았다.

"화났어? 그래도 미안해. 내 말이 맞다고 생각하거든."

"난 그렇게 생각 안 해요."

"그럼 내기할래?"

"내기요?"

이 사람은 무슨 말을 하는 걸까. 키리코는 장난스럽게 웃는 에리를 뚫어지게 관찰했다.

"나랑 너 중에 누가 더 먼저 낫는지 대결하자. 하긴, 넌 이미 완전히 포기한 것 같으니까 사실상 내가 나은 시점에서 내가 이기게 되지만. 키리코의 말이 맞다면 난 언젠가 포기하게 되잖아? 내가 포기하면 진 걸로 해도 돼."

키리코는 입이 떡 벌어졌다.

"그게 무슨 말이에요? 내 병은 낫지 않으니까 포기한 거라고요. 아줌마의 병이 내 병이랑 견줄 만한 수준이 아니면 내기가 안 되잖아요."

"그러네. 내 병이 뭔지 가르쳐줄게. 말기 암이야."

"……네?"

의심하는 키리코에게 에리는 장난스런 말투로 덧붙였다.

"원래 암이 생긴 곳은 자궁이야. 수술을 한 번 해서 제거했는데 재발해서 이번에는 복막 파종으로 번졌어. 복막 파종이 뭔지 아니?"

키리코는 놀라서 고개를 가로저었다.

"위나 장이나 간 같은 장기가 있잖아? 내장의 대부분이 그것과 이어진 혈관과 함께 막으로 감싸여 있거든. 중요한 것들을 전부 감싸서 진공 팩으로 만든, 커다란 비닐봉지 같은 거라고 하면 될까? 그걸 복막이라고 하는데, 내 암은 그 안에 있어."

"그 안이라면 어디요?"

"여기저기. 수십만 개, 수백만 개에 이르는 암세포가 전체적으로 퍼졌어. 그 하나하나가 조금씩 크게 자라서 마치 씨앗처럼 복막 곳곳에 달라붙어 있어. 마치 씨앗을 뿌린 것 같다고 해서 파종이라고 해. 눈으로 보이는 크기의 씨앗도 있고 보이지 않을 만큼 작은 씨앗도 있어서 모조리 떼어내기는 도저히 불가능한가 봐."

"그럼……?"

확인하는 키리코의 목소리가 떨렸다.

"의사는 이렇게 되면 더 이상 손쓸 방법이 없대. 내 수액도 일단은 항암제지만, 네 말대로라면 눈가림 같은 거야."

키리코보다도 훨씬 절망적인 상황이 아닌가.

"왜 포기하지 않아요?"

알 수가 없었다. 그것이 사실이라면 어떻게 에리가 이렇게 쾌활하게 있을 수 있는지 도무지 이해가 되지 않았다.

"나을 거라고 믿으니까."

에리가 몸을 앞으로 쑥 내밀었다. 그 기세에 눌려 키리코는 뒷걸음쳤다.

"그걸 어떻게 믿을 수 있어요?"

"믿는다기보다는 아는 거야. 난 반드시 낫는다고. 그러니까 아들한테도 거짓말을 했다고는 생각하지 않고, 억지로 쾌활한 척하는 것도 아니야."

"그게 뭐예요? 근거 없는 믿음?"

"그러게. 왜 그럴까? 아무튼 그래서 어떡할래? 나랑 내기할래?"

"이기면 상품은 뭔데요?"

"지는 사람이 이긴 사람한테 사과하는 건 어떨까? 자기한테 유리하다고 생각한다면 거절할 이유가 없잖아?"

에리는 진심이었다. 눈이 반짝반짝 빛나서 무서울 정도였다.

"……네, 좋아요."

"오케이. 그럼 약속한 거다?"

에리가 손가락으로 OK 사인을 만들고 윙크했다.

이 사람은 뭐지?

키리코는 마치 괴물을 보는 기분으로 에리를 보았다. 이 아줌마의 뱃속은 암세포 덩어리다. 거기서 손이 자라고 발이 자라고, 달라붙은 얼굴이 싱글벙글 웃으며 반드시 낫는다고 말한다.

자신과 마찬가지로 어쩐지 일그러진 존재라고 느꼈다.

종업식 날 아침은 교실 안이 묘하게 들썩들썩했다. 아이들은 이미 여름방학이 시작된 기분으로, 어디로 여행을 간다든가, 게임 소프트를 빌려 달라든가 하며 떠들어대고 있었다. 카즈는 소외감을 느끼며 교실 안으로 들어갔다.

책가방을 교실 뒤에 정리해 두고 요시다를 보았다. 친구들과 큰소리로 떠들고 있었다. 여전히 시끄럽다고 생각하고 있는데 유이가 카즈에게 다가왔다.

"카즈, 안녕?"

"아, 안녕?"

"있지, 여름방학 동안 햄스터는 내가 돌봐도 될까?"

유이는 정말로 동물을 좋아하는 모양이다. 오히려 바라던 바였으므로 카즈는 끄덕였다.

"당연하지."

"다행이다! 그럼 케이지 들고 집에 가는 데까지만 도와줄래?"

"그래."

"고마워. 카즈, 여름방학 동안에 모치오를 의사 선생님한테 데려갈 거야. 엄마가 좋은 수의사 선생님을 알고 있나 봐……."

"그렇구나. 그런데 치료비 같은 건 어떡하고?"

"엄마 친구라서 검사는 무료로 해 주겠대. 수술하게 되면 어떻게 될지 모르지만……."

"그때는 반 애들이랑 다시 얘기해 보자."

카즈가 말하자 유이는 안도한 듯이 웃었다. 작은 보조개가 나타났다가 사라졌다.

"응. 찬성해 줘서 고마워."

그때 갑자기 유이의 뒤쪽에서 커다란 목소리가 들려왔다.

"멋있지? 츠나 놀이공원 한정 티셔츠야."

순간 숨을 죽였다.

"딱 지금만 살 수 있는 거야. 우리 아빠는 한정품이 나올 때마다 데려가 주거든."

요시다가 가슴께를 잡고 펼치며 캐릭터가 디자인된 부분을 자랑했다. 패거리들이 환호성을 질렀다.

평소에는 신경도 안 썼지만 오늘은 마음이 술렁거렸다.

나도 갈 거야. 엄마가 다 나으면 갈 거야.

평소에는 낄 수도 없는 대화 속에 들어갈 수 있다. 카즈는 그런 기대감에 고취되어 한 걸음 내밀었다.

"나, 나도."

요시다와 아이들이 일제히 카즈를 돌아보았다. 무슨 일이냐고 묻는 눈길이 온몸에 박혔다. 카즈는 있는 힘껏 고개를 들었다.

"나도 츠나 놀이공원에 갈 거야."

단지 그 말이 하고 싶었을 뿐이지 딱히 반응을 기대했던 것은 아니었다. 하지만 전혀 예상치 못한 말이 돌아왔다.

"너네 엄마는 아프잖아?"

요시다가 눈알을 번뜩 굴렸다.

"아……. 응. 하지만 곧 나을 거야. 나으면 같이 갈 거야."

"낫는다고? 진짜야? 넌 맨날 그 말만 하잖아."

그 말이 카즈의 마음속에 깊숙이 박혔다. 아무런 말도 못하고 축축하게 배어나는 식은땀을 느끼며 멀뚱히 서 있었다.

"작년 여름에도, 그 전 겨울에도 그랬잖아? 입원하면 낫는다고 안 그랬어? 그거, 오히려 더 위험한 거 아냐?"

요시다네 패거리도 저마다 한마디씩 했다.

"카즈, 몇 번이나 배신 당했으면서 그런 말을 또 믿냐?"

"역시 심각한 병인 거야. 그렇게 몇 번씩 입원한다는 얘기는 들어본 적이 없는걸."

어린애 특유의 악의 없는 말들이 여기저기서 쏟아져 나와서는 카즈의 마음을 갈기갈기 찢고 베어냈다. 이마에서 땀이 뚝뚝 흐르고 등줄기를 타고 오싹한 한기가 내달렸다.

그래도 카즈는 되받아치지 못했다.

왜냐하면 아이들의 말은 카즈가 필사적으로 마음속에 묻어두었던 불안 자체였기 때문이다.

엄마는 나한테 거짓말을 한 걸까. 낫는다고 눈속임만 하면서 시간을 벌고 있는 걸까.

온갖 생각이 떠오를 때마다 발밑이 싸늘해지는 기분이었다. 주먹 쥔 손이 떨리고, 얼굴에서 핏기가 사라졌다.

히죽히죽 웃으며 이쪽을 보고 있는 요시다도, 그 뒤에서 태평하게 웃고 있는 패거리도, 조금 떨어진 곳에서 걱정스러운 눈으로 카즈를 보고 있는 유이도 어쩐지 멀리 있는 것처럼 느껴졌다.

키리코는 눈에 보이지는 않지만 무슨 일이건 사람에게는 저마다 횟수가 정해져 있다고 생각했다. 밥 먹는 횟수는 앞으로 몇 번. 아무 일도 없이 잠드는 것은 앞으로 몇 번. 사탕에도, 푸딩에도, 사과에도 전부 보이지 않을 뿐 숫자가 깃들어 있어서 먹을 때마다 하나씩 줄어든다. 그것이 0이 되면 끝이다. 살면서 먹을 수 있는 횟수가 이미 바닥났다는 뜻이다.

나는 그런 식으로 온갖 횟수를 다 써 버린 게 틀림없다.

우유도 처음에는 아무렇지 않았다. 하지만 나에게 주어진 숫자는 상당히 적었는지, 머지않아 0이 되어 끝나고 말았다. 좋아했던 니시키타마고*도 어느 해의 설부터는 식탁 위에 오르지 않게 됐다. 그러므로 이 토마토주스도 언젠가는 빼앗기고 만다. 지금 소중한 한 번을 소비하고 있다. 그렇게 생각하면서 마시자. 그다지 좋아하는 맛은 아니지만 그래도 없어진다고 생각하면 애정이 생긴다.

소등 후의 병실, 침대등의 노란 불빛 속에서 키리코는 빨대를 쭉 빨아들였다.

토마토의 깊은 맛을 입안에서 충분히 느꼈다.

"마이너스 1."

키리코는 그렇게 중얼거리고 종이팩을 찌그러뜨려 쓰레기통에 던져 넣었다.

"아직 안 잤어?"

옆 침대에서 목소리가 들렸다.

"네."

키리코가 대답하자 커튼이 열렸다. 에리도 키리코와 마찬가지로 침대 테이블에 머그컵을 올려놓고 무언가를 마시고 있었다.

"또 횟수가 줄어들었다는 생각하고 있었지?"

---

* 달걀을 쪄서 만드는 설음식.

"네, 맞아요."

같은 병실을 쓰는 아줌마가 코 고는 소리가 울려 퍼지는 가운데, 두 사람은 소곤소곤 대화했다.

"사람은 병에 걸리면 온갖 이상한 생각을 하게 된다니까. 건강했으면 틀림없이 그런 생각은 안 할 텐데."

"그럴지도 모르죠."

어느새 에리와 키리코는 수시로 이야기를 나누게 되었다.

키리코에게 그럴 마음이 없어도 에리가 "난 아직 포기 안 했어. 내기는 내가 이길 거 같아" 하고 말을 걸어온다. 거기에 응수하는 사이에 어느 틈에 상대의 페이스에 말려들어 이러니저러니 하면서도 한참을 이야기하게 된다.

하지만 신기하게도 그것이 싫지는 않았다.

"키리코, 병에 걸리면 사람은 왜 죽는지, 왜 죽어야 하는지 생각하게 되잖아?"

"다짜고짜 눈앞에 들이미니까요."

"응, 맞아. 난 처음에 암에 걸렸을 때 전생에 무슨 죄를 지어서 그런가 하고 진심으로 고민했거든. 거기서부터 전생이 뭐고, 죄악이 뭔지 생각이 점점 넓어져 갔어."

"종교나 철학 같은 거예요?"

"응. 나이가 들면 신앙심이 깊어진다고 하는데, 죽음과의 거리가 가까워짐으로써 사람의 사고가 바뀌는 게 아닐까? 실제 거리가 아니라 자기가 느끼는 죽음까지의 거리가 말이야."

"우린 생각할 시간만큼은 많으니까요."

"바로 그거야. 건강한 사람은 다른 일로 바빠서 생각할 여유 같은 건 없겠지."

자연스럽게 대화가 이어졌다. 그렇다. 에리와는 의외로 말이 잘 통했다.

"하지만 이런 생각은 해 봐야 의미 없잖아? 어차피 해답이 없으니까. 본래, 생각하는 건 문제를 해결하기 위해서잖아? 높은 곳에 있는 바나나를 막대기로 딴다든가. 하지만 왜 죽는지 같은 문제는 생각해 봐야 헛수고야. 숭고한 사색에 잠겨 있는 것 같아 보여도, 사고라는 장치가 의미 없이 헛돌고 있을 뿐인지도 몰라."

호로록, 하고 액체가 에리의 입안으로 빨려 들어가는 소리가 났다. 뭐라 말할 수 없는 아린 향기가 감돌아 키리코는 물었다.

"뭐 마시는 거예요?"

"아, 이거? 후훗, 뭐일 것 같아?"

에리가 들어 올려 보여준 머그컵 수면은 녹색을 띤 갈색이었다. 진하고 탁하고 걸쭉했다.

"대두 효소 분말을 녹인 거에 한약이랑 얼룩조릿대 오일을 넣은 거야. 면역기능이 올라가서 암이 사라진대. 너도 마실래?"

키리코는 에리의 선반을 살펴보았다. 상자가 몇 개나 놓여 있었다. 금색 장식이 달린 작은 봉지가 담겨 있는 상자. 연노랑색의 길쭉한 통 모양의 캡슐이 들어 있는 상자. 커다란 녹색 병이 들어 있는 상자. 에리는 거기서 봉지와 캡슐을 하나씩 꺼냈다.

"금방 만들어 줄 테니까 기다려. 물도 특별한 거야. 후지산에서 떠 온 몸에 좋은 물이거든."

보온병 뚜껑을 열려는 에리를 키리코가 말렸다.

"나는 됐어요. 그리고 대두 효소라면 알레르기 일으킬 거예요."

"아, 그렇지. 힘들겠구나."

에리는 하던 일을 멈추고 자신의 머그컵을 입으로 가져갔다. 눈을 감고 입을 우물우물하며 얼굴을 찡그렸다. 그다지 맛은 없나 보다. 단숨에 꿀꺽 마시고 한숨을 내쉬었다.

"아우, 써."

"그런 약은 아줌마가 직접 찾아낸 거예요?"

"응. 여러 가지 찾아 보다 이거다 싶은 것만 골라서 계속 먹고 있어. 의사들은 다들 부정적인 반응이지만."

"그렇구나……."

본 적도 없는 상품들뿐이었지만 포장은 하나같이 고급스러워 보였다. 아마도 고가의 물건일 것이다. 어리석다고 비웃기는 쉽지만 그럴 마음은 도무지 들지 않았다. 그것은 자신을 비웃는 것이기도 하기 때문이다.

병을 낫게 한다는 수상쩍은 상품이나 소문은 많다. 조금 전에 마신 토마토주스도 알레르기 체질을 개선하는 효과가 있다는 신문 기사가 나온 뒤로 마시기 시작했다.

달리 의지할 곳이 없는 것은 키리코나 에리나 마찬가지였다.

"정말로 그런 걸로 효과가 나타날 것 같아요?"

키리코가 묻자 에리는 깜짝 놀랐다.

"영양 식품 같은 건 나도 이것저것 마셔 봤지만 제대로 효과가 있는 건 없었어요. 오히려 악화될 때도 있었어요. 뭐였더라, 말 기름으로 만든 약을 발랐더니 피부염이 생겨서 오히려 더 고생만 했거든요."

"내 약은 달라. 틀림없이 효과가 있어. 몸이 확실히 더 좋아졌거든."

"그러면 좋겠네요."

반은 비꼬는 말이었다. 키리코는 에리를 물끄러미 보았다. 하루하루, 에리는 조금씩이지만 야위어 갔다. 광대뼈가 도드라지고 피부는 건조해지고, 예쁘던 검은 머리카락은 점점 가늘고 얼룩덜룩해졌다.

"키리코는 여전히 부정적이구나. 자꾸 그러면 나랑 한 내기에서 진짜로 진다?"

"음……."

에리는 틀림없이 병마에 차근차근 침식당하고 있다. 하지만 마음만은 꺾이지 않았다. 그 부분이 믿어지지 않았다. 몸이 아프면 마음도 같이 괴로워하며 기운을 잃어간다. 그것이 병이다.

"어떻게 포기하지 않을 수 있어요?"

키리코는 무심코 물어 보고 말았는데, 그것이 실수였다.

"그런 걸 묻는다는 건 말이야."

승기를 잡은 것처럼 에리가 이를 드러내며 웃었다.

"사실은 키리코도 포기하기 싫지? 그래서 방법을 알고 싶은 거지?"

"그런 게 아니라, 그냥 궁금해서 그래요."

"넌 네가 생각하는 것보다 훨씬 살고 싶어해."

"실패작인 채로 살고 싶진 않아요. 빨리 죽어서 완성품으로 다시 태어나고 싶을 정도인걸요."

"아니야. 넌 실패작인 자신을 인정하고 싶어해. 실패작인 채로 살아갈 방법을 찾고 있는 거야."

또 이런 식이다.

"설교는 내기에 이긴 뒤에 해요."

키리코는 고개를 휙 돌리고 커튼을 치며 경계선을 만들었다. 마음이 맞는다고 생각하면 갑자기 이렇게 부딪치며 서로 물러서지 않고 말싸움으로 이어진다. 이상한 관계였다.

에리는 그 이상은 아무 말도 하지 않았다. 하지만 머그컵에 든 내용물을 마시는 소리만큼은 옆자리에서 계속 들려왔다. 키리코는 손을 뻗어 읽던 소설을 다시 빼 들었다. 그때 선반에서 그림책이 같이 굴러 떨어졌다. 『딱딱산』이었다.

표지에는 예전에 낸 흠집이 여전히 선명하게 남아 있었다. 이 장난을 하던 때도 에리에게 들켜서 야단을 맞았다.

문득 흠집에 눈길이 멈췄다. 다섯 손가락 자국. 마치 키리코의 손도장 같았다.

다시 생각해보니 이상했다. 나는 왜 이런 흠집을 냈을까. 장난이었지만, 딱히 그림책을 상하게 하고 싶었던 것은 아니었다. 그럼 왜지? 그래, 그때는 까닭 없이 손톱자국을 남기는 것이 기뻤다.

그때, 키리코의 머릿속에 무언가가 번뜩였다. 무심코 옆 침대를 보았다. 사이에는 커튼이 흔들렸지만 커튼 너머의 그림자가 흐릿하게 보였다. 에리는 이미 잠이 든 듯했다. 규칙적인 숨소리가 들려왔다.

그림책을 든 손이 떨렸다.

나는 이 병원 안에서 누군가가 계속 가져다 보는 책에 자신이 존재했다는 증거를 남기고 싶었던 게 아닐까. 실패작이라고 자기 입으로 말하면서, 모든 것을 포기하면서, 그러면서도 여전히 무언가에 맞서려고 한다.

──자신이 생각하는 것보다 훨씬 살고 싶어한다.

에리의 말이 머릿속에서 메아리쳤다. 키리코는 그것을 떨쳐내려고 황급히 이불을 덮어쓰고 어둠 속에서 눈을 감았다. 두근두근, 심장 소리가 울렸다.

"벌써 여름방학이잖아? 이런 데 오지 말고 친구들이랑 놀러도 다녀야지."

엄마는 그렇게 말했지만 카즈는 어중간하게 미소 지으며 고개를 가로저었다. 침대 테이블에 산수 문제집을 펼치고 묵묵히 풀어 갔다. 하루에 두 페이지씩 하는 숙제였지만 수시로 병문안을 와서 풀어댄 탓에 해 놓은 페이지가 상당히 쌓여 있었다.

"물론 엄마는 카즈를 볼 수 있어서 당연히 기쁘지만."

카즈는 엄마의 상태를 신중하게 관찰했다. 기분 좋게 웃고 있고, 상태는 좋아 보였다. 하지만 조금 살이 빠졌는지도 모른다. 팔에 꽂혀 있는 링거 바늘이 보기 애처로웠다.

"엄마."

어떻게 물어 보면 좋을까, 카즈는 고민하면서도 말을 꺼냈다.

"응?"

"정말로 낫는 거 맞지?"

몇 번째인지 모를 확인에도 엄마는 방긋 웃으며 대답해 주었다.

"당연하지. 엄마만 믿어."

카즈는 엄마를 말똥말똥 보았다. 거짓말을 하는 것처럼 보이지는 않았다.

"하지만 친구들이 그랬어. 계속 낫는다, 낫는다고 말만 하지 않느냐고. 나, 나는…… 엄마 말을 못 믿는 건 아니야. 그런데 나는……."

분하고 한심해서 카즈는 아랫입술을 깨물었다.

"그때 맞받아치지 못했어."

자기도 모르게 흑, 하고 훌쩍였다.

"무서워서. 만약에 안 나으면 어떡하나 싶어서……."

"……그랬구나. 미안해."

엄마가 작은 목소리로 말했다. 난감하게 만들고 싶은 건 아니었다. 카즈는 고개를 들었다.

"아니야. 나는 믿고 싶어. 엄마가 낫는다고 믿고 싶은데, 어떻게 하면 믿을 수 있는지 그걸 모르겠어."

"그렇구나."

엄마는 카즈의 머리에 부드럽게 손을 올렸다.

"그럼 억지로 믿지 않아도 돼."

"어?"

"사실 그렇잖아? 엄마는 지금까지 몇 번이나 곧 낫는다고 해왔으면서도 여전히 입원을 되풀이하고 있으니까. 카즈가 불안해하는 것도 당연해."

카즈는 고개를 숙인 엄마를 물끄러미 바라보며 마른침을 꿀꺽 삼켰다. 울적한 엄마의 표정을 보고 나서야 카즈는 깨달았다. 난 뭘 하는 걸까. 이런 걸 물어서 어쩌고 싶었던 걸까.

진실을 알고 싶었던 것이 아니다. 단지 자기가 편해지고 싶었을 뿐이지 않은가.

"실제로 옆에서 보고 있어도 그다지 좋아진 것처럼 보이진 않지?"

그 증거로 나는 이렇게나 불안에 떨고 있다. 사실은 안 나아, 라는 말이 엄마 입에서 튀어나올까 봐 두려워하고 있다. 진실보다 눈가림을 원한 건 나 자신이었다.

"하지만 카즈, 그렇다면 말이야."

엄마는 고개를 들었다. 그리고 카즈의 어깨를 가만히 감쌌다.

"같이 기도해 줄래?"

무슨 뜻인지 잘 몰라서 눈만 깜빡거리자 엄마가 덧붙였다.

"엄마가 낫도록 기도해 주면 좋겠어. 엄마도 당연히 똑같이 기도할 거야. 무언가를 믿기는 어려워도 같이 기도해 줄 수는 있잖아?"

"기도……?"

"그러면 결국 똑같은 거야. 같이 기도하는 건 같이 믿는 거랑 같거든. 응? 그래 줄래?"

확실히 그쪽이 훨씬 쉬워 보였다. 아니, 기도라면 카즈가 지금도 이미 하고 있지 않은가.

"응. 그건 할 수 있어."

"다행이다. 듬직하네."

엄마는 어깨에서 손을 떼고 윙크했다.

"그냥 기도만 하면 돼?"

카즈는 듬직하다고 칭찬 받을 무언가를 하고 있다는 생각은 도무지 들지 않아 물었다.

"응. 같이 기도해 주는 게 무엇보다 기뻐. 엄마도 힘이 불끈불끈 솟아나거든. 금방이라도 나을 것 같은 기분이야. 응, 틀림없어."

엄마는 팔을 획획 돌려 보였다. 그 풍압에 커튼이 하늘하늘 흔들렸다. 카즈도 어쩐지 안심이 되어 피식 웃고 말았다.

흔들리던 커튼이 천천히 멈추고 다시 정적이 돌아왔을 때, 작은 목소리가 병실 구석에서 오갔다.

"엄마, 놀이공원 기대하고 있을게."

"엄마도야."

같은 방에서 며칠씩 지내다 보면 입원 환자들의 일과도 조금씩 알게 된다. 매일 아침 일찍 반드시 밖으로 나갔다가 담배 냄새를 풍기며 돌아오는 할머니도 있고, 낮에 하는 드라마를 즐겨 보며 방송 5분 전부터 이어폰을 끼고 기다리는 아주머니도 있다.

키리코는 멍하니 옆 침대를 보았다.

침대 위에서 에리가 천천히 몸을 비틀고 있었다. 에리의 경우에는 식사 시간 전의 체조가 일과라고 해도 좋았다. 혈액 순환을 좋게 해서 신진대사를 끌어올려 면역기능을 개선하는 요가라고 한다. 옆에는 두툼한 교과서가 놓여 있었다.

얼마 움직이지도 않았는데 에리는 금방 숨이 거칠어져 수시로 쉬어가면서 했다. 체력이 떨어진 데다 몸 구석구석에 통증도 있는 듯했다. 운동을 하고 있는데도 얼굴색이 안 좋고 입술은 보라색이었다.

조금씩 쉬면서 에리가 말했다.

"키리코, 요새는 안 묻네? '그게 의미가 있어요?' 하고."

"물어본들 소용도 없잖아요."

"하긴, 무슨 말을 들어도 난 포기하지 않을 거야."

에리는 잠시 숨을 고르고 다시 몸을 움직이기 시작했다. 양손을 모으고 앞으로 똑바로 내밀었다.

"딱히 포기하길 원하는 건 아니에요."

"그래? 하지만 그러면 네가 내기에 지게 되는데?"

키리코는 침묵했다.

이미 내기 같은 것은 아무래도 좋았다. 왜 그런 내기를 받아들였는지 이제는 생각도 나지 않았다.

"좋아, 한 번 더 해볼까."

주먹을 꽉 쥐고 기합을 넣는 시늉을 한 뒤 에리는 다시 몸을 움직이기 시작했다. 느릿느릿, 이를 악물었지만 그래도 눈빛만큼은 반짝반짝 빛났다.

키리코는 단지 눈앞의 광경을 지켜보았다. 괴로운 듯이 몸부림치는 에리가 그래도 눈부셔서 눈을 뗄 수가 없었다.

카즈는 테이블 위에 팸플릿을 펼치고 비교해 보았다. 역 앞에 놓여 있는 진열대에서 받아 온 여름 레저 팸플릿이다. 온천과 수족관은 물론이고, 당연히 츠나 놀이공원도 있었다.

제트코스터와 관람차. 유령의 집과 회전목마.

보고 있으니 가슴이 두근두근했다.

물론 당연히 기대되었다. 당일에는 어떤 순서로 돌아볼까, 이 놀이기구는 꼭 타 봐야지, 팝콘은 버터간장맛을 먹어야지 하고 상상하다 보니 끝이 없었다.

한편으로는 무섭기도 했다.

이런 상상을 해도 되는 걸까. 불안을 한쪽으로 밀어 두려고 해도 끊임없이 부풀어 올라 조금만 틈이 생겨도 고개를 내밀었다. 놀이공원에 못 가게 될지도 모르는데. 아니, 그 정도로 끝난다면 그나마 다행이다. 분에 넘치는 기대를 하다 벌을 받거나 하지는 않을까.

혼자 있는 거실에서 시계 초침이 째깍째깍 소리를 냈다.

지지 마. 스스로를 타일렀다.

엄마가 그랬잖아. 같이 기도해 달라고. 기도하자. 엄마는 나을 거라고, 같이 놀이공원에 갈 거라고, 그리고 질리도록 실컷 놀 거라고.

카즈는 필사적으로 팸플릿을 노려보았다. 실려 있는 사진은 하나같이 너무나도 평화로웠다. 아빠가 목마를 태워 주는 아이, 같이 사격을 하는 가족, 모두가 웃고 있어서 오히려 이상해 보이기까지 했다.

보고 있으니 다시 무서워졌다.

엄마와 병실에서 이야기했을 때에는 그것만으로도 충분하다고 안심했는데.

기도하는 것은 생각만큼 쉽지 않았다.

갑자기 열쇠를 꽂는 소리가 나더니 현관문이 열렸다. 평소와 마찬가지로 언짢아 보이는 한숨 소리가 들렸다.

"다녀오셨어요, 아빠."

돌아온 아빠는 말없이 끄덕이고 도시락이 든 봉지를 내밀었다. 카즈는 그것을 받아들어 식탁에 차렸다.

재킷을 벗고 넥타이를 푼 아빠는 식탁 앞에 앉아 컵에 맥주를 따랐다. 카즈가 도시락 뚜껑을 열고, 둘이서 조용히 저녁을 먹기 시작했을 때였다. 아빠가 펼쳐져 있는 팸플릿을 알아채고 집어 들었다.

"이건 뭐야?"

"아, 응. 받아 왔어."

"받아 왔다고? 뭐 하러?"

아빠의 말투가 바뀌면서 한쪽 눈썹이 올라갔다. 뭔가 잘못이라도 한 걸까. 카즈는 당황하면서 입을 열었다.

"엄마가 다 나으면 놀이공원에 가기로 약속했거든."

아빠의 표정은 달라지지 않았다. 굵직한 눈썹, 커다란 눈이 카즈를 똑바로 쳐다보고 있었다.

"여름방학이잖아. 아, 하지만 아빠가 온천 같은 곳이 더 좋다고 하면 난 그래도 괜찮아. 그리고 바다랑 목장 팸플릿도 있으니까……."

왜 이런 이야기를 주절주절하는 걸까. 혼자만 헛돌고 있는 것 같아서 우스꽝스러웠다. 아빠와 이야기를 할 때면 이런 식으로 흘러가는 경우가 많았다. 식은땀이 나오기 시작했을 무렵, 아빠가 진저리치듯 한숨을 내쉬고 말했다.

"너, 뭔가 착각하고 있구나. 엄마한테서 제대로 얘기 못 들었어?"

"응?"

"잘 들어. 엄마는 이제 낫지 않아."

아빠는 시시하다는 듯이 팸플릿을 휙 집어던지고 담담히 이야기했다.

"놀이공원 같은 데 갈 수 있는 상황이 아니야."

카즈는 몇 번이나 눈을 깜빡였다.

아빠가 무슨 말을 하는지 전혀 이해가 되지 않았다.

"이번 겨울에는 이미 엄마는 없을 거야. 나와 너, 둘밖에 없어. 그래도 지금까지와 같이 살아갈 거야. 그게 남겨진 사람이 할 일이니까."

소리가 귓속에서 웅웅 울리며 퍼져 나갔다. 식당의 전등이 떨리고 방의 벽이 일렁거렸다. 발밑에서 오싹하도록 차가운 공기가 올라왔다.

"그런 줄 알고 마음의 준비를 하고 있어."

그렇게 말하고 아빠는 다시 식사에 집중했다. 손에서 젓가락이 떨어졌다. 카즈는 주워 올리지도 못하고, 그저 도시락 반찬만 멍하니 보고 있었다. 반짝반짝 빛나는 밥알 하나하나가, 그 색깔이, 모양이, 광택이 유난히 선명하게 보였다. 당근의 가느다란 섬유가, 빨간색과 오렌지색의 조합이, 고기의 지방이, 섬유질이, 모든 것이 기묘한 조각 같고 다른 세계의 풍경처럼 느껴졌다. 초침이 째깍째깍 울리지 않으면 시간이 흘러가고 있다는 사실조차 믿기 힘들었다.

이윽고 아빠가 도시락을 다 먹고 뚜껑을 덮었다.

그제야 간신히 카즈의 입이 움직였다.

"거짓말."

가느다란 촛불조차 흔들지 못할 만큼 힘없는 말을 한 번 더 말했다.

"거짓말이야."

"거짓말이 아니야."

아빠가 곧바로 부정했다.

"거짓말이야! 엄마는 낫는다고 했단 말이야. 아빠는 엄마를 안 믿어?"

"낫는다는 말은 안 믿어."

"왜? 왜 같이 기도해 주지 않는 거야? 이상해!"

"그건, 어린애는 이해 못하겠지만……."

"이상해!"

카즈가 아빠의 말을 가로막고 말했다. 냉정한 아빠의 목소리를 도저히 용서할 수 없어서 울먹이며 소리쳤다.

"아빠는 엄마가 죽기를 바라는 거야? 아니면 어떻게 그렇게 쉽게 포기할 수 있어? 왜 그런 말을 하는 거야!"

큰소리로 대든 순간 아빠의 눈에 핏발이 서는 것이 보였다. 카즈는 숨을 삼켰다. 아빠가 눈을 부라리고 굵은 눈썹을 찡그리고 이를 악물고 있었다. 관자놀이에는 핏대가 서고 뺨은 움찔움찔 떨렸다. 틀림없이 분노한 표정이었다.

맞는다.

무심코 눈을 감았지만 주먹은 날아오지 않았다. 조심조심 눈을 떴을 때 아빠는 이미 평소와 같은 어두운 얼굴로 돌아가 있었다. 감정을 억누른 목소리가 아빠의 입에서 새어나왔다.

"떼쓰지 마. 언제까지 어린애처럼 굴 거야?"

"하지만…… 하지만!"

"포기해."

"싫어. 안 할 거야!"

차라리 서로 목소리를 높이며 싸우는 편이 나았을지도 모른다. 얻어맞고 엉엉 울었으면 차라리 후련했을지도 모른다. 하지만 아빠는 어디까지나 냉정하게 대응했다. 카즈는 오히려 그것이 불만이었다.

어째서 그렇게 침착할 수 있어? 엄마잖아. 우리한테 소중한 사람이잖아. 포기하라니, 애처럼 굴지 말라니 이상하잖아.

얼마 동안 주먹을 꽉 움켜쥐고 노려보자 문득 아빠가 눈을 감고 한숨을 내쉬었다. 깊고 깊은 한숨이었다. 폐 속에 있는 공기를 모조리 뿜어내는 느낌이었다. 그리고 갑자기 고개를 들더니 카즈를 보았다.

"피곤하구나."

담담하게 내뱉더니 일어났다.

"언제까지 어린애 고집에 맞춰 주기만 할 순 없어."

맥주병과 컵을 들고 카즈의 옆을 지나 계단으로 향했다. 자기 방에서 혼자 술을 마실 생각인 듯했다. 카즈는 붙잡지도 못하고, 그저 등 뒤에서 계단을 올라가는 발소리가 조금씩 멀어지는 소리만 듣고 있었다.

카즈는 혼자 식탁 앞에 앉아 몇 번이나 눈을 깜빡였다.

밤의 장막이 완전히 내려앉아 거리가 잠에 빠져들었을 때도 카즈는 그저 도시락만 바라보며 식은땀을 흘리고 있었다.

"혈중 산소 농도도 안정됐고, 입원한 동안의 상태를 봐도 발작은 진정됐어요. 슬슬 퇴원해도 될 것 같습니다."

오타라는 이름의 목소리가 큰 소아과 의사가 은테 안경을 번뜩이며 말했다. 그의 눈길은 반라로 침대에 누워 있는 키리코가 아니라 그 옆의 의자에 앉아 있는 엄마에게 향해 있었다.

"그럼, 어디 가슴 소리 좀 들어보자."

청진기를 대었다. 차가운 감촉에 순간 흠칫하며 몸이 움츠러들었다.

"음. 조금 휘휘 소리가 나네."

깎아지른 절벽을 싸늘한 바람이 휩쓸고 지나가는 듯한 처량한 소리가 몸에서 들려오는 것은 키리코도 알고 있다.

"기관지에 염증이 있다는 말인가요?"

키리코가 묻자 오타는 청진기를 목에 걸고 혀가 보일 만큼 입을 크게 벌리고 웃었다.

"넌 여전히 어린애 주제에 어려운 단어를 알고 있구나. 대단하다니까."

나는 그런 말을 듣고 싶은 것이 아니다.

키리코가 표정을 바꾸지 않고 의사를 보고 있는 동안에도 어른들의 대화는 계속되었다.

"선생님, 이것도 발작 때문인가요?"

"네, 맞아요. 다만 이 정도라면 약을 쓰면서 상태를 지켜보는 게 좋을 것 같거든요. 그럼, 며칠 더 경과를 지켜보고 이후에는 통원하는 걸로 할까요?"

오타가 문득 이쪽을 보고 웃었다.

"학교를 계속 빠질 수는 없잖아? 아, 여름방학인가? 지금 퇴원하면 아직 한 달 정도는 놀 수 있어."

키리코는 눈도 깜빡이지 않았다.

"그러면, 테오필린을 처방해 주마. 먹는 법은 전에 설명한 대로고. 휘휘 하는 바람 소리가 나고 숨이 잘 안 쉬어지면 먹어.

가운데 선을 따라 잘라서 절반만. 알약은 씹지 않도록 조심하고. 그리고 카페인을 과도하게 섭취하지 않도록 조심하고. 홍차나 커피, 어린애니까 그다지 상관은 없나? 그래도 몇 잔 정도는 괜찮아."

차트에 펜으로 갈겨쓰면서 오타는 몇 번이나 환자에게 되풀이해왔을 설명을 빠르게 말했다.

"알았지?"

확인하는 오타에게 키리코는 말없이 끄덕였다.

한여름. 바깥에서는 매미들이 요란스럽게 합창을 해도 카즈의 하루하루는 그저 정체되어 있을 뿐이었다.

할 일이 아무것도 없었다. 무언가를 하려고 해도 집중이 되지 않았다.

햇살이 드는 휑뎅그렁한 집 안에서 카즈는 소파 위에 멍하니 앉아 있었다.

그 뒤로 줄곧 아빠의 말이 카즈를 괴롭혔다. 지난 일주일은 병문안도 가지 않았다. 어떤 얼굴로 엄마를 만나야 좋을지 알 수 없었다.

아빠가 그렇게까지 말하다니, 정말로 엄마는 멀리 떠나는 걸까. 하지만 엄마는 낫는다고 했다. 어느 쪽이 옳은지 모르겠다.

불안과 공포, 그리고 소원이 맞부딪치고 튀어 오르면서 머릿속이 정리가 되지 않았다.

문득 목이 말라서 계단을 내려가 부엌으로 향했다.

한동안 사용하지 않은 싱크대는 바짝 말라서 둔탁한 은색으로 빛나고 있었다. 녹이 섞인 특유의 냄새도 났다. 도마는 세로로 세워져 있고, 부엌칼은 깔끔하게 정리되어 있었다. 냄비와 국자도 도마 옆에 가지런히 놓여 있었다. 생명을 가진 것처럼 움직이고 일하던 도구들이 지금은 모두 죽은 것처럼 잠들어 있었다.

이대로 이 부엌이 텅 비게 된다면…….

너무 무서워서 다리가 떨렸다.

카즈는 물을 한 잔 마시고는 컵을 든 채 그 자리에 주저앉았다. 발밑 매트의 두툼한 섬유가 엉덩이를 감쌌다.

마침 눈앞에 앞치마가 의자 위에 개어져 놓여 있었다. 그것을 집어 들자 그리운 냄새가 희미하게 피어올랐다.

자신의 나약함이 분했다. 반 친구들이나 아빠의 말에 휘둘려서 쉽게 꺾일 것 같다. 어떻게 하면 엄마처럼 강해질 수 있을까.

이 집은 사람이 모두 죽어 아무도 살지 않는 것처럼 조용했다. 카즈가 이대로 꼼짝도 하지 않고 앉아 있으면 누군가가 폐가로 착각해서 철거하더라도 이상할 게 없을 것 같았다.

카즈는 오랜 시간을 들여 일어났다.

해야 해. 조금씩이라도 해야 해.

무섭지만, 불안하지만, 그래도 지금 할 수 있는 일을 해야 해.

필사적으로 스스로를 다독였다.

어느새 해가 저물고 있었다.

카즈는 앞치마를 선반에 도로 넣어 두고, 오늘 할 집안일을 해치우기 위해 세탁기를 돌리고 욕조의 마개를 뽑았다.

퇴원 날짜가 잡혔지만 키리코의 마음은 개운해지기는커녕 더욱 울적하게 가라앉는 것 같았다.

한숨을 내쉬며 옆 침대를 관찰했다. 계속 바라보고 있는데 문득 에리가 눈을 떴다. 키리코를 천천히 돌아보고 미소 지었다.

"퇴원한다고? 축하해."

"깨어 있었어요?"

"자고 있었는데 그런 얘기가 들리더라."

불길한 말을 한다. 요즘 들어 에리는 잠이 늘었다. 하지만 잠이 얕아서 금방 깨거나, 아니면 지금처럼 깨어나 있을 때와의 경계가 모호했다.

"이럴 경우에 내기는 어떻게 되는 거예요?"

키리코는 조심스럽게 물었다.

"글쎄."

에리는 일어나 앉아 빙긋 웃었다.

"내가 이긴 거 아닐까? 난 아직 포기하지 않았으니까."

"하지만 아줌마는 아직 병을 물리치지 못했잖아요."

"그것도 그러네."

턱에 손을 대고 잠시 고민하더니 에리가 작게 한숨을 내쉬었다.

"그럼 아쉽지만 네가 이겼어. 잠정적인 승리라고 해두자."

"잠정적인 승리……요?"

키리코는 조금도 기쁘지 않았다.

"지면 사과하기로 약속했지만 난 아직 지지 않았으니까 사과하진 않을 거야. 아무튼 잠정적이니까. 얄미워? 하지만 분해라. 시간이 조금만 더 있었더라면 이겼을 텐데. 그래도 키리코가 좋아져서 퇴원하는 건 나도 기쁘니까 그런 말은 하면 안 되겠지."

이상하게 쾌활한 에리의 목소리를 등 뒤로 들으며 키리코는 창밖을 보았다. 나는 이제 곧 저쪽으로 돌아가는구나.

그래서 대관절 무엇이 달라진다는 걸까.

"하지만 좋겠다. 퇴원한다니 진짜 부러워. 키리코는 퇴원하면 뭐 하고 싶어? 나는 하고 싶은 게 잔뜩 있어. 아들한테 맛있는 것도 만들어 주고, 많이 놀아 주고, 여행도 가고 싶고. 그렇지, 남편이랑 온천 같은 데도……."

"별로요. 아무것도 안 해요."

에리가 입을 다물었다.

"아무것도 할 게 없어요. 언제나 똑같아요."

여전히 몸은 세상의 온갖 것을 거부하고, 앞으로도 예고 없이 죽음의 경계를 넘나들 것이다. 약으로 발작을 억누르고, 그래도 가라앉지 않으면 구급차에 실려 간다. 그뿐이다. 체념과 심심풀이만이 눈을 감을 때까지 쭉 이어진다.

키리코 슈지는 실패작인 채.

잘못 태어나 잘못된 채로 살아간다. 무슨 의미가 있을까. 잘못된 채로 계속 살아가는 것이 죽는 것보다 낫다고 누가 결정할 수 있지? 차라리 죽는 게 낫지 않을까.

"얘, 왜 그런 말을 하니?"

에리가 침대에서 몸을 내밀었지만 키리코는 싸늘한 눈으로 돌아볼 뿐이었다.

"잠정적이라곤 해도 내가 이겼잖아요? 그러니까 내 맘이에요."

"하지만……."

"이겼으면 좋았을걸. 아줌마가 이겼으면, 그걸로……."

에리의 표정이 일그러졌다.

"왜 이기지 않은 거예요?"

키리코는 에리를 괴롭히고 있다는 것을 알면서도 입을 다물 수 없었다.

두 사람의 침묵을 메우듯이, 밖에서 매미 울음소리가 들리기 시작했다.

세탁기가 돌아가는 동안 집 안의 쓰레기를 모아 봉투에 담았다. 일솜씨가 결코 좋다고는 할 수 없었고, 무거운 발을 질질 끌면서 움직이기는 했지만, 평소처럼 착실하게 집안일을 해 나갔다. 문득 고동색 문 앞에서 발이 멈췄다.

아빠의 방이다. 이 방에도 쓰레기통이 하나 있다. 비우러 들어가야 하는데 마음이 내키지 않았다.

——엄마는 이제 낫지 않아.

그 말을 떠올리면 다리가 떨렸다. 아빠는 왜 그런 말을 하는 걸까. 아빠가 미워지기까지 했다.

한동안 머뭇거리다 떨리는 손으로 문손잡이를 잡았다.

문틈으로 희미하게 새어 나오는 공기조차 전혀 다른 세상의 냄새가 짙게 배어 있는 것 같았다. 눈을 딱 감고 문을 열자 특유의 냄새가 코를 찔렀다. 원목 책장에 꽂혀 있는 가죽으로 장정된 책 냄새일 것이다. 벽에 걸려 있는 풍경화가, 오래된 괘종시계가 침입자를 내려다보고 있었다.

카즈는 실수로 다른 물건들을 건드리지 않도록 주의하며 안쪽에 있는 쓰레기통을 향해 똑바로 나아갔다. 책상 위에는 빈 맥주병이 보였다.

길쭉한 원기둥 모양의 쓰레기통에는 쓰레기가 그다지 많이 모이지는 않은 듯했다. 카즈는 손을 집어넣어 대부분이 종잇조각임을 확인하고 쓰레기통을 뒤집었다. 눈보라가 날리듯이 자잘한 종잇조각이 우수수 쏟아졌다.

카즈는 그것을 보고 얼어붙었다.

종잇조각은 쫙쫙 찢은 도화지였다. 머뭇머뭇하며 집어 들어 보았다. 크레파스로 칠한 피부색. 새카맣게 칠한 머리카락. 점으로 표현한 희끗희끗한 수염. 잘게 찢어진 '아빠에게'라는 글자.

카즈가 그린 아빠의 얼굴이었다.

올해 아버지의 날에 그려서 준 것이었다.

손가락이 떨렸다.

찢어진 곳은 보풀이 일어 있었다. 어지간히 벅벅 찢었나 보다. 등줄기를 타고 식은땀이 흘렀다.

왜지.

찢어진 그림 속에서 아빠가 자기를 보고 있는 느낌이 들어서 휘청휘청하며 뒷걸음쳤다. 등 뒤에 책장이 있었다. 퍼뜩 생각이 났을 때는 이미 부딪친 뒤였다. 책장이 흔들흔들하며 꽂혀 있던 책이 쏟아졌다. 카즈는 책이 떨어지지 않도록 필사적으로 팔을 벌려 막았다. 문득, 책장 위에서 무언가가 빼꼼 튀어나오더니 순식간에 중심이 가장자리를 넘으며 카즈를 향해 떨어졌다. 반사적으로 양손을 뻗어 받았다. 다행히 그다지 무겁지는 않았다.

종이상자였다.

아래에서는 가려져 있어서 이런 것을 올려놓은 줄도 몰랐다. 아빠가 무언가를 숨기려고 한 것일까. 카즈는 가만히 뚜껑을 열어보았다. 안에는 파일에 정리된 자료가 몇 가지 들어 있었다.

카즈는 의아해하며 하나하나씩 펼쳐서 훑어보았다.

소등 후의 병원.

비상등만 드문드문 밝혀진 복도를 따라 키리코는 링거 거치대를 밀면서 걸어갔다. 남자화장실 앞에 도착하고 안도했을 때, 여자화장실에서 유령처럼 앙상하게 여윈 그림자가 나타났다. 무심코 비명을 지를 뻔했지만 이내 상대가 누구인지 알아보았다.

"아줌마."

"아, 키리코."

에리가 돌아보며 부석부석한 머리카락을 쓸어 올렸다. 자느라 눌려서 그런 것만은 아니었다. 머리카락의 굵기와 길이가 불규칙하게 흐트러진 것을 한눈에 알 수 있었다. 머리카락이 자라는 곳도 성겨서 군데군데 하얀 피부가 보였다.

"잠이 안 오니?"

"아뇨……. 그냥 잠이 깼어요."

"그렇구나. 그럴 땐 따뜻한 우유를 마시면 좋아. 아차, 미안해."

에리는 입을 틀어막으며 파리한 얼굴로 한동안 움직이지 못했다. 그러더니 순간 웃으며 손을 흔들고 황급히 화장실 안으로 돌아갔다.

토하는 소리와 물을 내리는 소리가 들렸다.

힘들겠다.

키리코는, 우유는 알레르기 때문에 못 마셔요, 하고 쓸데없는 말을 하지 않아도 돼서 다행이라고 생각하며 남자화장실 안으로 들어갔다. 한동안 주의 깊게 귀를 기울이며, 이윽고 에리가 복도로 나가는 것을 확인했다.

슬슬 괜찮을 것 같다.

조용한 밤이다. 너스 스테이션도 오늘은 별일이 없는 듯했다.

옆구리에 끼고 온 담요를 꺼내 바라보았다.

익숙하다고는 해도 역시 무서워서 등줄기가 오싹해졌다.

눈을 감고 조금 전에 만난 에리의 모습을 떠올렸다. 상태는 안 좋아 보였지만 그래도 역시 포기하지는 않았다. 자기보다도 내 걱정을 했을 정도였다.

——시간이 조금만 더 있었더라면 틀림없이 내가 이겼을 텐데.

그렇다.

아줌마라면 할 수 있다. 아니, 아줌마가 못한다면 틀림없이 다른 그 누구도 불가능하다. 나는 그것을 확인하고 싶다. 그러기 위해서라면 무슨 일이든 할 것이다.

눈을 떴다. 화장실 안에서는 형광등이 깜빡였다. 마음을 정하고 담요를 펄럭펄럭 크게 흔들었다. 곧바로 얼굴을 파묻고 입으로 크게 숨을 들이마셨다.

이리 와.

마음속으로 빌며 숨을 내뱉고 다시 한 번 들이마셨다. 되도록 많은 먼지가, 진드기 사체가 기관지로 들어오도록. 공기 덩어리로 목구멍을 깎아내듯이 몇 번이나 되풀이했다.

들어와.

몸의 반응은 둔했다. 역시 병원에서 사용하는 담요라 청결해서 진드기 사체는 붙어 있지 않은 걸까. 그래도 집먼지는 나올 텐데. 이걸로 안 된다면 다른 방법을 생각해 봐야 한다. 머릿속으로 자신의 알레르겐을 떠올려 보았다. 다른 사람의 식판에서 달걀이나 콩을 훔쳐 먹는 건 어떨까. 그렇지, 에리 아줌마가 대두효소를 마시지. 그걸 하나 가져다 마시면 될지도 모른다.

그런 생각을 하고 있을 때, 어렴풋한 반응이 목 안쪽에서 느껴졌다. 곧이어 휘익 하고 피리 소리 같은 소리가 울렸다.

됐다. 왔다.

평소라면 이때부터 억누르기 시작한다. 숨을 쉬는 방법에 따라 어느 정도 제어할 수 있다는 것을 키리코는 경험으로 알고 있다. 하지만 이번에는 아니다. 피리 소리가 더욱 크게 나도록, 키리코의 목이 알레르기 반응을 일으켜 더 크게 부풀어 오르도록 의식해서 담요를 더욱 세고 격렬하게 들이마셨다.

목 안쪽이 간질간질하기 시작했다. 기침이 나왔다. 한 번이 아니다. 몇십 번이나 계속해서 나왔다. 기관지가 좁아져 공기와 마찰하며 나오는 소리는 이쯤 되면 피리에 비유할 정도가 아니었다. 오르간을 몇 대씩 마구 연주해대는 듯한 소름 끼치는 소리로 바뀌어 있었다.

이제 됐어.

괴로워서 가슴을 움켜쥐고 진땀을 흘리고, 기침을 세차게 해대며 흐릿해지는 의식 속에서 키리코는 너스콜 버튼을 눌렀다.

(하권에 계속)

The Last Doctors Wish You Happiness Upon the Sky After the Rain.
by Atsuto Ninomiya

Copyright © 2018 by Atsuto Ninomiya
Original Japanese edition published by TO Books, Inc.
Korean translation rights arranged with TO Books, Inc.
Korean translation rights © 2019 by Somy Media, Inc.

마지막 의사는 비 갠 하늘을 보며 그대에게 기도한다 상

2019년 04월 05일 1판 1쇄 발행
2021년 04월 02일 1판 2쇄 발행

저   자 니노미야 아츠토
옮 긴 이 이희정
발 행 인 유재옥
본 부 장 조병권
담당편집 정현희
편집 1팀 이준환 정현희
편집 2팀 정영길 김민지 조찬희
편집 3팀 오준영 곽혜민 김혜주
편집 4팀 성명신
디 자 인 김보라 서정원
표지디자인 이즈플러스
라 이 츠 김슬비 한주원
디 지 털 박상섭 최서윤 이성호
발 행 처 ㈜소미미디어
등   록 제2015-000008호
주   소 서울시 마포구 토정로 222, 403호(신수동, 한국출판콘텐츠센터)
판   매 ㈜소미미디어
제 작 처 코리아피앤피
마 케 팅 한민지 이주희 박소연 최정연
물   류 허석용 최태욱
전   화 편집부 (070)4164-3962, 3963 기획실 (02)567-3388
              판매 및 마케팅 (070)4165-6688, Fax (02)322-7665

ISBN 979-11-6389-481-0 (04830)
        979-11-6389-480-3 (세트)